金庸武俠星座

劉鐵虎
莉莉瑪蓮 著

序

生智文化的孟樊兄囑我撰寫《金庸武俠星座》時，手上有好些稿尚未完成，但一聽說是就金庸小說做文章，當時便答應下來，實在是因為自己是金迷的關係。

記得十幾年前看黃日華和翁美玲主演的「射鵰」時，一口氣租全了錄影帶，通宵達旦看了兩遍，後來聽說翁美玲香消玉殞，還悵然了一陣子。又有一次和好友看電影《笑傲江湖》，到現在還覺得沒幾首電影主題曲趕得上黃霑的那支傑作。

等到讀金庸的原作，只覺書比電視、電影精采太多。老實說，有機會寫《金庸武俠星座》，只能說是榮幸。

從精彩的小說去學星象學，是非常好的方式，不少西方星象家都建議這種方法，因為真正的星象學其實某些方面是很枯燥的，不喜歡數學的人不很能接受。但透過金庸的大作，學星象可以變成開心的事。

由於是虛構的小說人物的分析，所以我們在詮釋時打破了一項天文上的限制，即同時代的人世代行星（天王星、海王星、冥王星）卻不一定相同，這樣做是為更貼切地將角色的特質與星象理論比配，讓讀者更正確地抓住心理占星學的精要。

隨西方星象學在本地日漸普及，這門學問的本土化也日漸可能，《金庸武俠星座》便是這項努力的一個例子，希望大家多多批評指教。

本書之成，特別要感謝黃子千、江世懷參與討論，也要感謝天上的爸媽無盡的眷顧以及眾多星象家的智慧，沒有你們是不會有這本書的。

劉鐵虎　謹誌

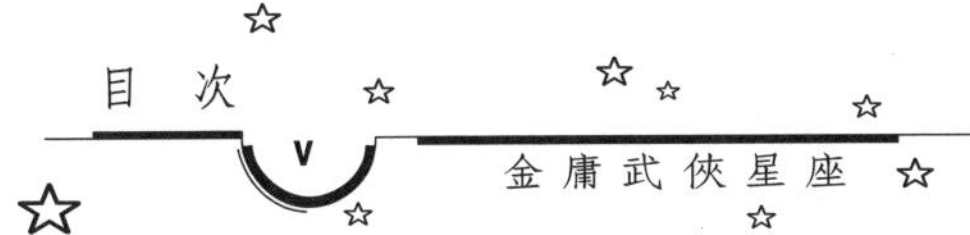

目次

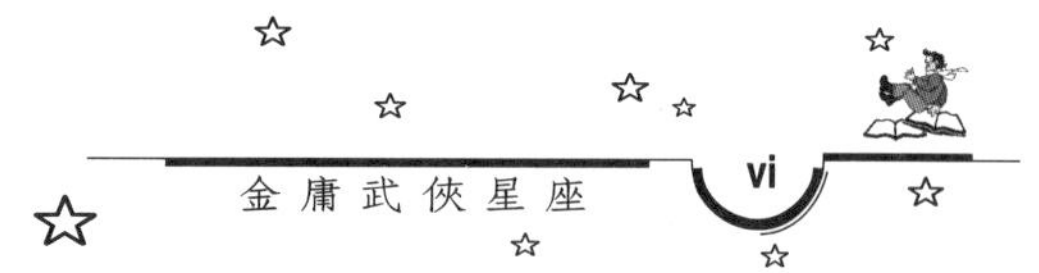

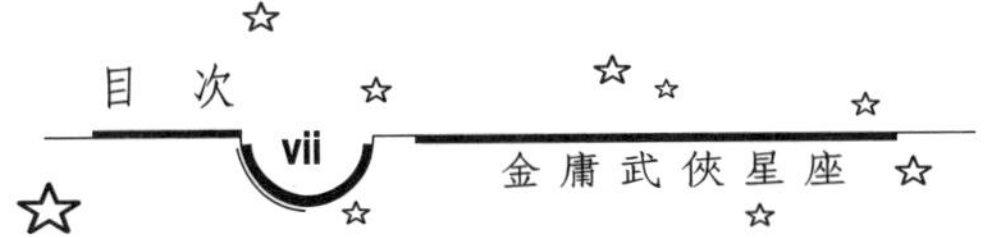

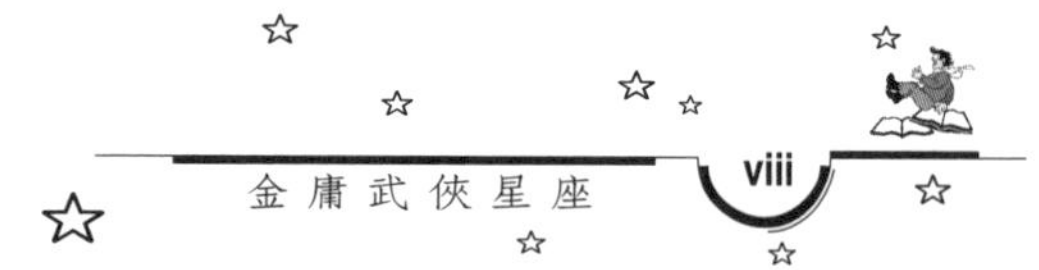

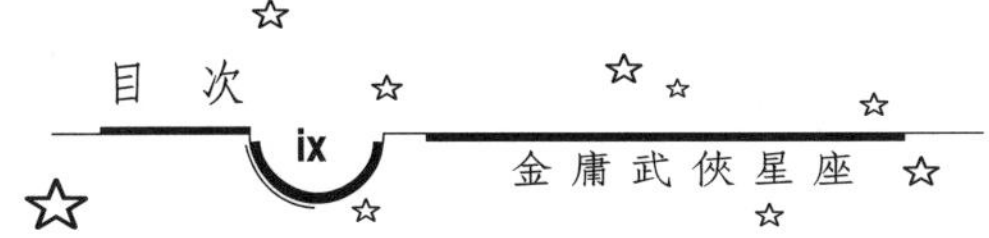
目次
ix
金庸武俠星座

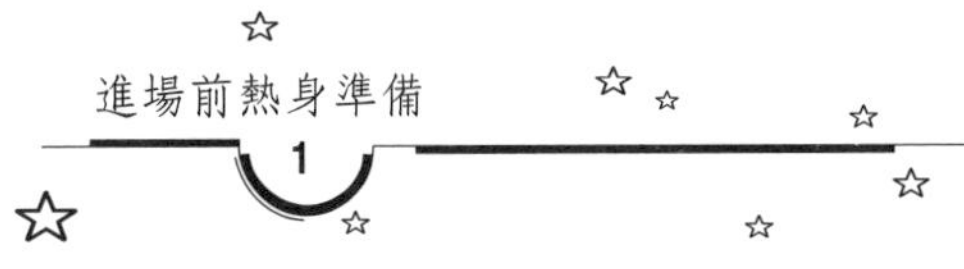

西方流行占星術大家琳達・古德曼講到她學習占星術的歷程時，建議讀者從分析周遭的朋友或書本中的人物開始，這種學習方式趣味多，比背誦那一堆關鍵字及枯躁地演算、繪製星盤輕鬆得多，特別讓人容易記住複雜的占星知識。《金庸武俠星座》便是這樣一本協助你輕鬆學習占星術的書。

透過對金庸筆下人物的星盤解析，我們很容易在文學趣味的輔助下，記住個別星象的意含，因為這些人物是鮮明的例證。

實際在進行人物性格分析時，以下的綱領將有助於你的速度：

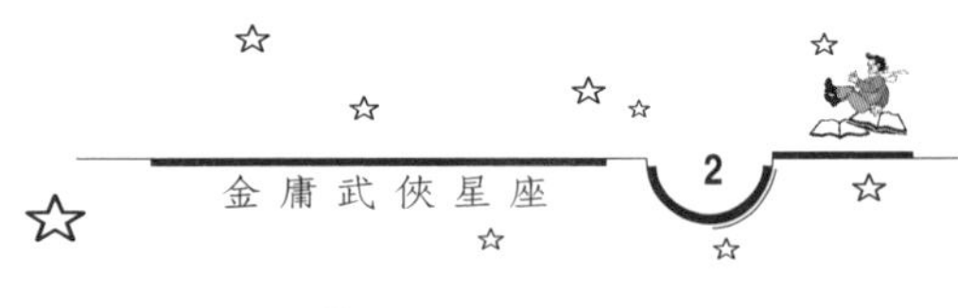

1.準備可靠的占星術教本。西方占星術現在是顯學，陳列在洛杉磯占星書店的書如罐頭中的沙丁魚，善選教本對你的學習效果有極大影響。

2.深度閱讀金庸小說。由於占星術已發展到遍及生活各領域、環境各部分的地步，幾乎各方面的描述都有助於分析，譬如，靈數學久已與占星術結合，書中有關重要數目的描述便可能成為分析的參考，如韋小寶撈到七位美妻，七為雙魚座幸運數，由此佐證雙魚座對小寶的影響。又如武術占星術以拂塵、鏽花針為處女座武器，藉以推斷李莫愁與東方不敗受到處女影響。另外，金庸的人物有時貫串數部小說，如黃蓉在「射鵰」中固為主角，但在「神鵰」中也占相當篇幅，且前後性格頗有差異，這在人生性格發展中並不令人意外，但會增加分析時的複雜度，若未熟讀，難免無以解釋全貌。

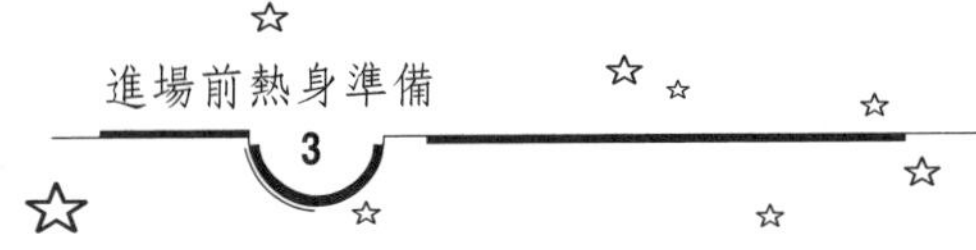

3. 對於占星功底不足的讀者，直接將人物表現歸納到某個占星元素下有其困難，例如：韋小寶七個老婆都漂亮，她們的金星難道都在天秤座或第一宮，這時中介性的星象元素將有助你暫時粗略將人物特性放到某個名目下頭，例如：將韋小寶的七個老婆的金星都放在良好位置（廟旺喜樂），包括：金牛座、天秤座、第一宮、第七宮等，接著再進一步對之做星象歸屬，這種漸進式的階段分析，可減少挫折感，也可讓你重新檢視相近的星象元素間的異同，如「廟」與「旺」有何不同。

4. 三方四正也是很好的中介元素，如郭靖讀起來直覺「土性」較重，可先把他歸到土象星座，接著才考慮金牛、處女、摩羯對他影響的比重。又如覺得韋小寶一生變化繁多、曲折離奇，推知他較受變動星座左右，便將他歸入變動星座，然後才探討雙子、處女、射手、雙魚對他的影響。

當然，你的星象知識越豐富，對其組織結構越明瞭，便能越迅速地深度分析人物性格，但這唯有靠你先前對占星下的工夫，此處是沒有捷徑的。

白羊座

任我行　滅絕師太

若以占星學的四分法來編類，白羊座是屬於火象星座……。火象星座人的性格傾向樂觀主動、積極進取、活潑自信、熱情光明、天真率直、果敢無畏、勇健剽悍、對生命充滿熱誠與期待。如果白羊能量過强，則容易流於好勇鬥狠、剛愎自用、缺乏耐性、主觀急進、魯莽衝動、獨斷跋扈。

任我行

……數千人一齊跪倒，齊聲說道：「江湖後進參見神教文成武德，澤被蒼生聖教主！聖教主千秋萬載，一統江湖！」

——《笑傲江湖・第卅九回・拒盟》

……「老夫平生快意恩仇，殺人如麻，囚居湖底，亦屬應有之報。唯老夫任我行被困於此，一身通天徹地神功，不免與老夫枯骨同朽，後世小子，不知老夫之能，亦憾事也。」

——《笑傲江湖・第廿一回・囚居》

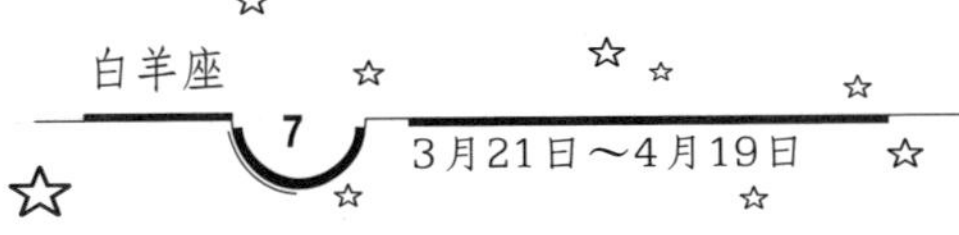

君臨黑木崖、意在全武林的日月神教教主任我行，人如其名，生命的理想是成為天下任由我行我素的孤一人。這種極端重視自我的性格，主要來自他星盤中白羊、獅子、摩羯等星座的影響。

太陽落在白羊座的任我行，天生有著領導群倫、死不服輸的個性，作為神教教主，部屬大多為三教九流之屬，很不好帶，又要擔心部屬顛覆，對許多較怕事的星座而言，實是苦差事一件，未必值得去爭取。但任我行顯然樂此不疲，被東方不敗鬥爭掉了，非但不氣餒，反而費盡心思甘冒生命危險執意奪回教主寶座，這要是領導欲不足的人，是不可能發生的。

這種領導欲，因與權勢欲結合，而益加鞏固任我行要當「聖教主」的決心。假如只有領導欲而無權勢欲，任我行應當只要恢復教主身分便夠了，但他不但要復教，還將東方不敗原先創立的阿諛讚詞加以改進，受稱「教主」還不夠，得加上「聖」字變成「聖教主」才夠威風。復教

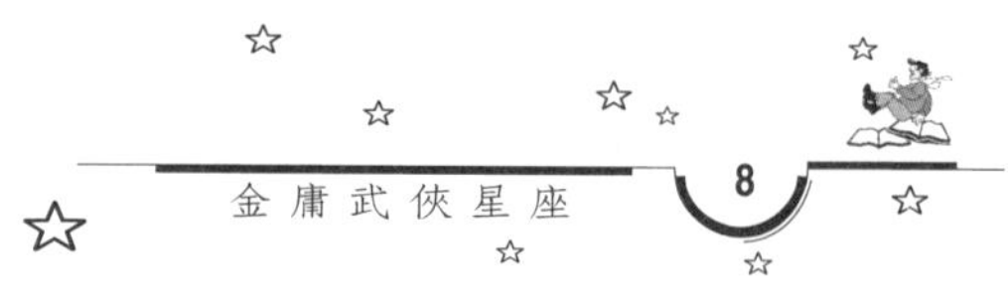

不夠，還要圖謀五嶽劍派，五嶽劍派臣服不夠，還要謀取少林、武當，一統武林，這樣大的權勢味口，就不能單以日座白羊來加以解釋了，而必須拈出任我行摩羯座的月亮。

月座摩羯重視個人地位，常肯多花時間、精力保住江山，這種人實際而謹慎，周慮而易不滿現實，這些特質均促動並幫助任我行收復魔教、放眼江湖。

領導欲加上權勢欲並不能保證一個人事業成功，這主要只是提供他做事業的動力，任我行之所以成功收復神教，還因他獅子座的木星相助，木星獅子帶來一流的組織能力，極有助領導者整編派遣部屬，使各司其職，井然有序，整個組織運作起來便威力十足。任我行率領日月教眾上華山攻擊五嶽劍派，教眾衣分七色，隨著旗幟進退，秩序井然，令令狐沖暗暗佩服，這種調兵遣將、行軍作戰的本事，正是木星獅子的天賦。

任我行自言自己快意恩仇，殺人如麻，這種表現是他白羊座中與太陽相合的冥王星帶來的，日冥合於白羊，令人行事單憑個人好惡，快意恩仇，若再有德性教育不足等等因素配合，便可能發展出殘暴的個性。另外，這個星象也使任我行被東方不敗的繡花針扎瞎一顆眼睛。

任我行最知名的武功是「吸星大法」，這種功夫本是雙魚座最拿手的絕活，因此，他的火星大概坐雙魚，雙魚以擅於散功聞名，散功後再吸取多方真氣，而這正反映了雙魚的空靈海綿性格。只可惜，這顆火星與他摩羯中的月亮相衝突，使得他難以化服吸來的體內異種真氣，終究不免死在這個功法之下。而令狐沖在西湖底無意學到這門功夫，不是任我行真大方造成，而是怕死後無人得知他任我行的本事，這種我執，再次彰顯白羊、摩羯與獅子的結合威力。

滅絕師太

滅絕師太盛名遠播，武林中無人不知，只是她極少下山，見過她一面的人著實不多。走近身來，只見她約莫四十四、五歲年紀，容貌算得甚美，但兩條眉毛斜斜下垂，一副面相便變得極為詭異，幾乎有點兒戲台上的吊死鬼味道。

——《倚天屠龍記・第十三回》

滅絕師太微微一笑，道：「如此，我死也瞑目。」眼見張無忌走上前來，伸手要搭她脈博，滅絕師太右手驀地裏一翻，緊緊抓住張無忌的手腕，厲聲道：「魔教的淫徒，你若沾污了我愛徒清白，我

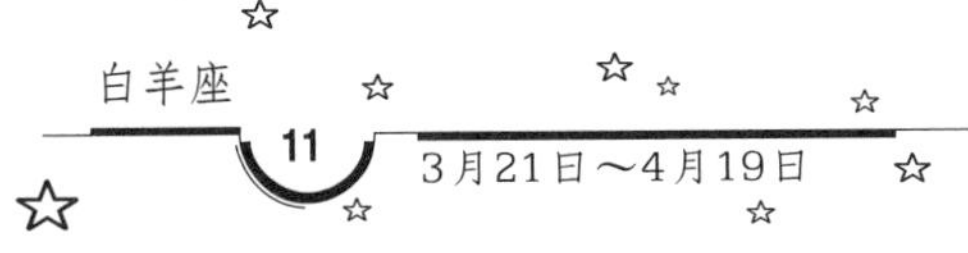

做鬼也不饒過……」最後一個「你」字沒說出口，已然氣絕身亡，但手指仍不放鬆，五片指甲在張無忌手腕上掐出了血來。

——《倚天屠龍記・第二十七回》

峨嵋派掌門人滅絕師太，性情孤僻，心狠手辣，在她身上絕對看不到任何屬於女性的特質，峨嵋派眾女尼在強敵環伺的武林中立足，還虧得有這麼一位性情剛烈的掌門人，才不致於淪為三、四流的小門派。

滅絕師太最大的特色即是暴躁易怒，野心勃勃，有時甚至顯得有勇無謀，從這幾個方面來看，她的日座落在白羊便不言可喻了。

白羊座儘管殘酷無情，但卻不像摩羯座般的陰沉。從紀曉芙與滅絕師太幾句對話中即可看出滅絕師太直來直往、言語之間毫無隱藏的性子。紀曉芙向滅絕問安，滅絕的反應是：「還沒給你氣死，總算還好。」金花婆婆假意要打死紀曉芙，平日最護短的滅絕竟然冷冷地說道：「打得很好啊！你愛打，便再打，打死了也不關我事。」滅絕師太要紀曉芙說出當年失身的緣由，聽著聽著就入迷了，她一生潛心武學，於世務殊為隔膜，聽紀曉芙轉述楊逍之言，說：「一個人的武功分了派別，已自落了下乘。」，又說：「教你得知武學中別有天地。」的幾句話，竟然神往地接口道：「那你便跟他去瞧瞧，且看他到底有什麼古怪本事。」可見白羊的衝動、天真讓滅絕仍保有兒童般的好奇心。

當她弄清楚誘騙紀曉芙的是氣死孤鴻子的明教光明左使楊逍之後，雖然氣沖斗牛，但卻仍跟紀曉芙說，過去的事她全不計較，只要紀曉芙替她手刃楊逍，事成後，她便將衣鉢和倚天劍都傳與她。

紀曉芙自然不從，滅絕師太一掌即擊碎她的頭蓋骨，並且還想刺死紀曉芙的小女兒楊不悔，這種毒辣的作風，正是一頭震怒的白羊卯起來非要把人頂死的模樣。

峨嵋弟子靜虛遭青翼蝠王咬死，滅絕師太身遭大變，卻仍不動聲色，鎮定如常，並且稱讚青翼蝠王輕功遠勝於她，可見這個詭怪的乾老女尼還有一個上升在摩羯，才會如此的沈穩鎮定。

滅絕師太率領門徒聯合少林、武當、崑崙、崆峒、華山等門派進剿光明頂，她白羊日座的正義凜然與豪邁萬千在誓師前表露無遺，她說：「咱們六大門派這次進剿光明頂，志在必勝，眾妖邪便齊心合力，咱自又有何懼？只是相鬥時損傷凶多，各人須得先心存決死之心，不可意圖僥倖，心有畏懼，臨敵時墮了峨嵋派的威風。」接著又說人孰無此，此去說不定她第一個送死，不過只要留下了門徒，峨嵋派就仍能興旺，即使是全軍覆滅，要轟轟烈烈的死戰一場，又何足道哉？滅絕在白羊日座的影響下，流露出強烈的發動力，與視死如歸的大無畏精神，而她的上升摩羯又讓她能鄭重的安排後事，計議門戶傳人；白羊與摩羯的結合，塑造了一個勇猛蠻橫、冷酷無情、嚴以律己、瞻前顧後的一代掌門人，歷史上成大功，立大業的人可能都具有這樣的特點。

滅絕師太心高氣傲、目中無人，六教圍攻光明頂之際，她敗於張無忌的劍下，從此她就恨上了張無忌，日後周芷若性情大變，滅絕師太實該負最大的責任。

滅絕師太與眾高手被囚於萬安寺時，逼著周芷若發下毒誓，倘若和張無忌結為夫婦，親身父母屍骨會為之不安，而滅絕自己也化為厲鬼，擾她安寧，如若和張無忌生下兒女，男子代代為奴，女子世世為娼。她逼周芷若立下毒誓後，又立刻命周芷若為第四代掌門人，還要周芷若以美色計誘張無忌，取得倚天劍和屠龍刀。這三件大事，她全要周芷若在電光石火間答應，白羊座的急性子，在此發揮得淋漓盡致。

滅絕師太囑咐周芷若取得倚天劍和屠龍刀，其最大的目的就是拿到倚天劍中的九陰真經速成法，從而達成她驅逐韃子，光復漢家河山，以及峨嵋武功冠蓋群倫，成為武林中第一門派的兩大願望。她白羊天真的本性，以為這兩件事猶如探囊取物，她看上周芷若悟性高，卻沒顧及周

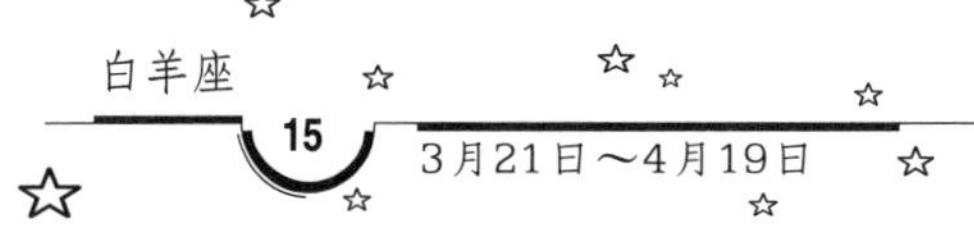

芷若對張無忌一往情深，她把偌大的重擔壓在一名年輕柔弱的弟子身上，其專制、無情、自私，讓人搖頭三歎。不過，也正因為她盡得牡羊座的無感與摩羯座的頑強，才會選擇最後以自殺逼周芷若就任一途。人說滅絕師太雖然性情怪僻，但是平素行俠仗義、正義凜然，端得是一代大俠風範，她所缺乏的就是那麼一股「人味兒」，無怪乎金庸在她出場時，就賦予了她一副吊死鬼的形貌。她所奉行的剛鐵般的紀律和順我者昌，逆我者亡的豪氣，正是白羊的典型人格特質。

金牛座

郭靖
大輪明王　鳩摩智

金牛座在占星四分法中屬於土象星座。土象星座人看重金錢價值、不喜歡浪費、現實主義者、腳踏實地、討厭空想和做白日夢、重視安全感、保守主義者、行事小心作風謹慎、重視家庭和朋友之情、缺乏主動精神，但比較能夠有始有終、穩定度高、木訥寡言、實際可靠、成長較慢。缺點是容易變得固執呆板、墨守成規、唯物主義。

郭靖

忽忽數年，孩子已經六歲了。李萍依著丈夫的遺言，替他取名為郭靖。這孩子學話甚慢，有點兒獃頭獃腦，直到四歲時才會說話，好在筋骨強壯，已能在草原上放放牛羊。

——《射鵰英雄傳・第三回・大漠風沙》

「我輩練功學武，所為何事？行俠仗義、濟人困厄固然乃是本份，但這只是俠之小者。江湖上所以尊稱我一聲『郭大俠』，實因敬我為國為民、奮不顧身的助守襄陽……。」

——《神鵰俠侶・第二十四回・俠之大者》

射鵰與神鵰中的大俠郭靖，是中國傳統文化的理想典型之一：講信義、重道德、質樸而愛民。這些特性基本上反映的是土象星座的特性，也就是金牛座、處女座與摩羯座的特性，其中金牛與摩羯尤其對郭靖影響深遠，我們可以期望，郭靖的星盤中，這兩個星座內星曜較多。我們認為，郭靖的太陽、上昇、水星、金星在金牛座，而木星在摩羯座，土星在射手坐。至於處女座則以火星居之。

金牛座的人，往往質樸而實在，他有可能有點兒獃頭獃腦，但多半筋骨強壯，極能幹活，就像耕牛一般勤奮。這是以農立國的中華文化歌詠讚歎了幾千年的美德，而在射鵰和神鵰中，我們也一再在郭靖身上見到「牛」的特性。例如：

射鵰四十回〈華山論劍〉中，黃蓉藉左傳「弦高以牛犒師」的故事，獻計給郭靖，並將郭靖喻為牛（黃蓉笑道：「不是要用十二頭牛？你生肖屬牛，是不是？」）。

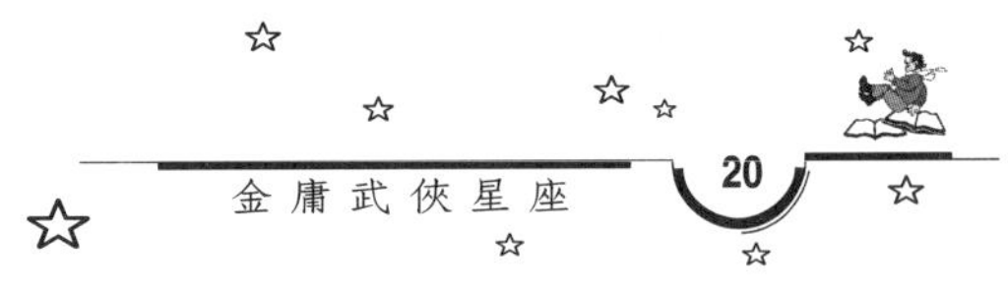

又如神鵰第三回〈求師終南〉中，郭靖送楊過去終南山習武，遇到道人阻攔，被連踢十二腳，仍自氣定神閒，道人驚詫之餘，斜眼細看郭靖，見他「濃眉大眼，神情樸實，一身粗布衣服，就如尋常的莊稼漢子一般……。」

郭靖師父江南七怪也認為他最適合學習五怪張阿生的功夫：「張阿生若不死，郭靖學他的質樸工夫最是對路。」而郭靖練就的功夫，大多是慢工出細活。

牛不講究快速，「欲速則不達」、「貪多嚼不爛」常為典型金牛座人奉為圭臬。郭靖的學習速度相當慢，經常急得江南六怪跳腳，「六怪雖是傳授督促不懈，但見教得十招，他往往學不到一招，總是搖頭嘆息」。不過慢歸慢，一旦學會，仍是夠紮實，郭靖後來練出的一身功夫還真是慢工出的細活。

由於自己知道魯鈍造成的學習甘苦，所以對於別人的魯鈍不以為意，郭靖教武氏兄弟擒拿手一招「托樑換柱」時，口中指點、手腳比劃，楊過只看一遍即領會精義，武氏兄弟卻學來學去始終不得要領。但郭靖毫不厭煩，只是反覆教導。

郭靖長相也牛味甚重，書中說他「濃眉大眼，胸寬腰挺」，令人猜測他的上昇星座也是金牛星座。

事實上，金庸筆下的郭靖令人認為這個角色是所謂的「超級金牛」（非常純種的金牛），不但太陽、上昇在金牛，他的思考語言形態也牛味十足，暗示郭靖的水星也在金牛。

他學話甚慢，四歲才會說話，一輩子拙於言辭，不善謀略。南帝四大弟子書讀得最好的朱子柳，將一陽指與書法融為一爐，與霍都在英雄大宴上比試時，寫房玄齡碑點穴，黃蓉看得舒暢，郭靖卻不懂文學，無法欣賞。這些都反映水星金牛的特性。

不過，射鵰與神鵰所頌讚的人物美德不只在郭靖的「牛德性」，也在大俠愛國愛民的情操，這個特性雖與諸星在金牛座相關，但愛國的部分卻與摩羯座有更大的相關，郭靖的木星應在摩羯，並至少與牛座的太陽相拱（二星相距一百二十度）。

摩羯在西方傳統占星術中，被認為是政府的象徵，嚴格說來，摩羯強的人愛國比愛民更容易，倒是相位良好的金牛座諸星往往更易帶來愛民的傾向。事實上，書中摩羯也表示贊成「民為貴，社稷次之，君為輕。」的孟儒理念，暗示摩羯雖也在他個性（或說他反映的中國個性）中占一部分，然力量不及金牛的成分。

以助守襄陽為故事情節主軸之一的安排，突顯了摩羯的特性，但要判斷是那一顆星入摩羯，就必須瞭解星曜的等級。當代法國占星大家丹・盧底耶曾將太陽系內星曜分為「個人星曜」（由太陽至火星）、「社會星曜」（木星和土星）、「世代星曜」（天王星、海王星、冥王星），郭靖既以守襄陽建立「大俠」的社會地位，可知落在摩羯的星超出個人星

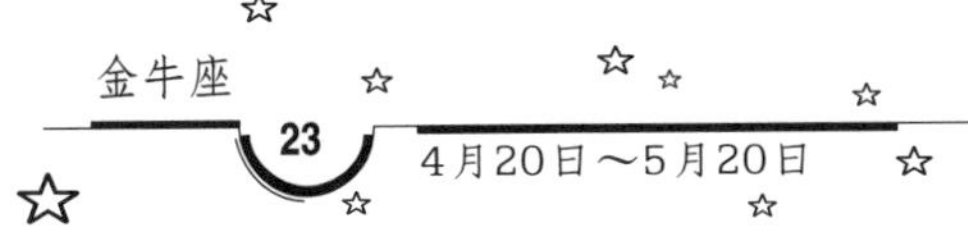

曜範疇，選擇木星而非土星，則因如此可進一步解釋郭靖行運中貴人、師父不斷出現的現象。

木星素有「大吉星」之稱，它既與太陽和諧成相，便主星盤主人行事順暢，凡事逢凶化吉，縱使出身低微，也易攀登社會階梯，甚或經歷不可思議的幸運。因此，郭靖既獲鐵木真收為佳婿，復得江南諸怪、愛妻黃蓉、北丐洪七公等武林地位高顯的人大力相佐；眼見要被彭連虎拍斷雙臂，便有王處一真人拂塵搭救；甚至參仙老怪藥養多年的蝮蛇，寶血也被他幸運小子得去全不費功夫。

在愛情方面，郭靖依舊反映大量金牛特性，他的金星很可能也在金牛，如此他才對黃蓉此般死心塌地，同時也讓華箏對他如此死心塌地。一夫一妻制未必是金牛男性篤行的制度，但「死心塌地」本是金牛座愛情的慣用形容詞。

大輪明王 鳩摩智

「……以小僧之見，少林寺不妨從此散了，……各奔前程，豈非勝在浪得虛名的少林寺中苟且偷安？」

——《天龍八部・第三十九回・解不了名韁繫嗔貪》

鳩摩智盤膝坐在香後，隔著五尺左右，突然雙掌搓了幾搓，向外揮出，六根香頭一亮，同時點燃了。

——《天龍八部・第十回・劍氣碧煙橫》

在《天龍八部》中大膽單挑武學重鎮天龍寺、少林寺、直敢問鼎中原武林的吐番國師「大輪明王」鳩摩智，「講經說法，四方高僧居士雲集聆聽，執經問難，無不讚嘆。……是佛門中天下知名的高僧，……」（見頁一六六二）這位國師為人、神態恭謹，然於武學除慕容博外，天下俱不在眼裡，縱不稱妄，亦狂矣。根據《天龍八部》的描寫，鳩摩智星盤特徵如下：太陽座金牛，火入白羊，土星落天蠍，木星處女，冥王座射手，火星與冥王星「拱」（二星間弧距約一百廿度）。

就武功來說，鳩摩智所學博雜，功法高強，是天生的練武胚子，暗示他火星在星盤中地位顯赫。他自身所創且最為人知的功法是「火焰刀」掌力，書上說，「火焰刀」熱辣凌厲之極，非但遇到停電時可以用來點香，更曾力克天龍寺枯榮大師等段氏高手。自占星學的角度來看，火焰刀以深厚、強勁之內力為本，以刀法為招式，屬於火星白羊加太陽金牛的武功。

白羊星座盛產各式刀劍，而刀尤多於劍，至於火焰，更是火象星座司空見慣的物事。但尋常火焰刀雖具殺傷力，內力若不夠深厚，則凌厲不足而無法久使，這個缺點鳩摩智因有太陽金牛提供渾厚盛大內力而得避免，使他能在天龍寺一招「白虹貫日」便差點斬下段譽一臂。太陽金牛一般內功高強，擁有西班牙鬥牛的耐力。

然而，要用氣功把內力將手掌化作刀砍人，還得靠火星與冥王星相拱的相位來助。鳩摩智冥王居另一火象星座射手座，與白羊座的火星拱照，冥王星是魔術師所崇拜的星神，具有轉換質能、化腐朽為神奇的神秘力量，在占星上主管原子彈，既與火星拱，便可將火焰刀完全具體化，使內氣得以化成真刀般使用。

太陽金牛若未受剋，可帶給人沈穩無懼的力量，鳩摩智於天龍、少林二寺論武比試之時，對兩處大寺或有敬佩之心，畢竟毫無懼色。三十九回中，鳩摩智取笑少林道：「方丈既如此說，那是自認貴派七十二絕技實在並非貴派所自創，這個『絕』字，需得改一改了。」

太陽金牛也帶來財富，鳩摩智貴為國師，到了天龍寺，隨便一拿便是金箱子之類的不菲之物，十足是條「金」牛。但金牛也以固執聞名，縱使鳩摩智修練有年，仍不能革除根性，四十三回中他聞及少林老僧警告他貪學少林七十二絕學會走火入魔，不肯取信，心想：「修練內功不成，因而走火入魔，原是常事，……這老僧大言炎炎，我若中了他的詭計，一生英名則將付諸流水。」結果果然走火。

鳩摩智以「智」為名，除火星白羊帶來行動中的智慧外，木星處女更帶來精密的思考力，使他策劃大計時更加縝密，第十回中說他進襲天龍寺是「有備而來，於大理段氏及天龍寺僧俗名家的形貌年紀，都打聽得清清楚楚，各人的脾氣習性、武功造詣，也已琢磨了十之八九。」另外，他本人外貌也溶有高級處女的和悅氣質，第十回說：「……段譽聽這（鳩摩智）聲音甚是親切謙和，彬彬有禮，絕非強凶霸橫之人。」

此外，鳩摩智在吐番貴為國師，敕封大輪明王，權勢極隆，「向得國王信任，是和是戰，多半可憑他一言而決」。這種權勢是天蠍座的土星與射手座的冥王星為他帶來的，土星天蠍主邊地得榮，權柄在握，冥王射手一方面增強他在邊地的運氣（射手主旅行），一方面帶來宗教方面的影響（射手為宗教星座之一），終使他成為僻處一隅的高僧。

雙子座

韋小寶
黃蓉

雙子座的固定位置在第三宮——兄弟宮（溝通宮），掌管心智、思考、溝通、教育、親友、人際關係、交通、大衆媒體等；因此，雙子座人一般都是社交力强、能言善道、好結交朋友、好讀萬卷書、行萬里路的人。

韋小寶

韋小寶道：「你既信不過我，為甚麼說了真名字出來？……你不說你是茅十八，誰又認得你？」

茅十八道：「……我倘若連自己姓名身分也瞞了你，那還算什麼他王巴羔子的好朋友？」

韋小寶大喜，說道：「對極！就算有一萬兩、十萬兩銀子的賞金，老子也決不會去通風報信。」心中卻想：「倘若真有一萬兩、十萬兩的賞格，出賣朋友的事要不要做？」

——《鹿鼎記‧第二回》

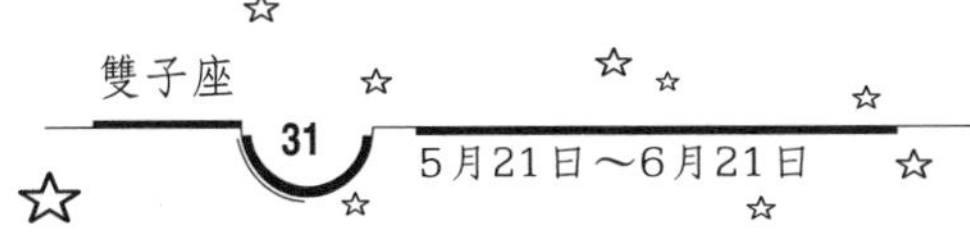

陳近南見他欲言又止，問道：「你還想說什麼？」

韋小寶道：「徒兒說話，總是自以為有理才說。我並不想胡說八道，你卻說我胡說八道，那豈不是冤枉嗎？」陳近南不願再與他多所糾纏，說道：「那你少說幾句好了。」

——《鹿鼎記・第八回》

「小白龍」韋小寶是金庸全集中最為無賴的角色，他的武功既軟又爛，完全上不了檯面，但他卻能在廟堂之上、草莽之間靠嘴皮子的功夫縱橫不倒，這不得不感謝他落於雙子星座的太陽。雙子座主管語言，太陽雙子的人口齒伶俐，使小寶得以發揮獨門秘技「三寸不爛舌」，殺盡仇寇、敗盡英雄，欲求一敗而不可得，終於成就其光輝不朽的功業，說來其秘訣也不如何神妙，就是「拍馬逢迎、挑撥離間」八字而已。試看韋小寶能在朝廷、神龍教、天地會、俄羅斯等各地擔任要職，交際應酬可

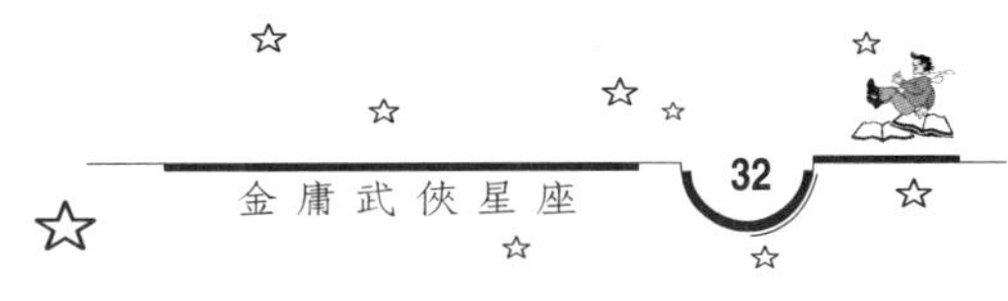

說八面玲瓏之至，而能在不同性質的領域中有所發展，也正是雙子座的事業型態。何況小寶又有駐於雙子的水星來助，這顆廟旺的水星，使他更易發揮雙生兒的特性，可以扮神像神、扮鬼像鬼，腦筋應變之靈及對情勢判斷之準，都是常人所不能及，而他的口齒之便給、大罵粗話時的綿延不絕，直比任何神妙武功還要凌厲多端，令人防不勝防，連挾兵力以霸議和的俄國大臣費要多羅、武功高手「一劍無血」馮錫範等等人物都要倒霉，其功力也就可想見一斑。

小寶父親不詳，母親韋春芳在揚州為妓，雙魚座頗出名妓，小寶月亮應當是坐落於此。雙魚之象為二魚分游，北魚掙扎向上，象徵昇華，西魚卻向西水平直游，似有困擾迷惑之象，若細密推算，韋小寶的月亮應落於西魚頭部，較與母親為妓的徵象相合。此外，小寶一生共娶得七個老婆，七是雙魚座的幸運數字，也可算得上是不謀而合，且月亮雙魚性好群居，韋小寶在妓院出世，無論是身在少林寺還是克里姆林宮，從

來就沒缺過熱鬧，日後他與七位娘子一同隱遁，也絕不會寂寞冷清。

能釣上七名美女作老婆，大享齊人之福，是韋小寶最為人稱道的事跡，他與這七人的糾葛甚多，其中甚至還有人是與他敵對的人，像神龍教的教主夫人蘇荃、陳圓圓之女阿珂等，最後卻都一一變成他的人，這實在不能不說是他落於雙子的金星之功。連同金星，落在雙子的星已有三顆，雙子座力量大增，不只能夠唇槍舌劍，也能散發出金星獨有的交際魅力，可以口甜舌滑，對異性形成相當的吸引力，而且對象不是一次來一個，是有一就有二，有二就有三，眾夫人之間縱然吃醋，卻也阻止不了，最誇張的莫過於韋小寶一次與七人同床，令當中三女懷孕的紀錄，顯示出強化後的雙子座所帶來的艷福。

韋小寶際遇非凡，所不能忽略的是他確實好運不斷，不但能遇事逢凶化吉，還能平步青雲，扶搖直上，這都要拜良好的木星座位所賜，他的木星駐於射手座，由於守護射手座的木星回歸本宮，所以韋小寶始終是像馬一樣東奔西跑，幫康熙皇帝出差跑腿，從少林寺、五台山到雲南、遼東，到處跑來跑去，後來甚至還出海到蛇島、台灣，甚至走了一趟莫斯科，不過也越跑越旺，官居一等鹿鼎公，成為金庸小說中出使到外國最遠、官特大的主角。除了射手木星提供的四方遊歷之外，這個位置也為他帶來很不錯的賭運，不僅讓他時常有錢賭、有地方賭、有人陪他賭，還讓他愈賭愈贏、愈賭愈大，連自己也成為老婆的賭注。他曾對老婆們說：「你們七人，個個是我的親親好老婆，大家不分先後大小。以後每天晚上，你們都要擲骰子賭輸贏，那一個贏了，那一個就陪我。」（《鹿鼎記·第四十五回》）甚至連自己孩子的名子都以擲骰子來作決定，叫「韋虎頭」、「韋銅鎚」，如此好賭成性，是十分罕見的，這種現象並不單是木星的影響，尚有在獅子座的海王星相助一臂，木海成拱，兩個火象星座又都能帶來良好的賭運，韋小寶如何能不好賭？且海王星主欺詐騙術，韋小寶得此助緣，於賭道中最擅於以灌水銀的骰子取勝，技巧之精，賺進了大把銀兩，足供一世衣食無缺，使他成為名副其實的「至尊寶」。

但在江湖上混，光憑口舌騙術，終有被識破的一天，若沒幾分真實本事，韋小寶只怕便屍骨早寒了，因此，他雖沒練成絕世武功，一門用來逃命用的「神行百變」輕功卻練得不錯。

……「神行百變」是鐵劍門絕技，……實是精奇奧妙之至。韋小寶「神行」是絕計說不上的，而那「百變」兩字和他天性相近，倒也學得了三四成。因此雖非武功高手，卻也算得上是當世武林中數一數二逃命的「高腳」。

——《鹿鼎記・第四十四回》

可見得韋小寶武功不行，輕功倒還有點天分。他的火星或者落於水瓶座星域的虛宿，虛宿的代表動物是老鼠，迅捷靈動，可說是小寶輕身功夫的天賦根源，這原本能使他於此道中成為出類拔萃的人物。然而這顆火星受到對宮的海王星相沖，海王星的負面力量令他變得又懶又貪求速成，壞了虛宿原來的好格局，結果成了不倫不類的一隻懶洋洋的胖老鼠。

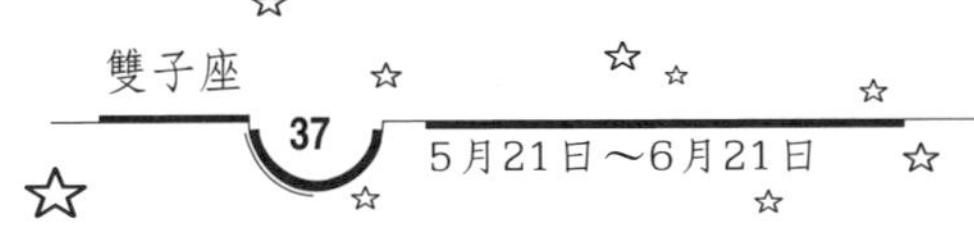

黃蓉

「我穿這樣的衣服，誰都會對我討好，那有什麼希罕？我做小叫化的時候你對我好，那才是真好。」

——《射鵰英雄傳・第八回・各顯神通》

黃蓉知道今日若不動武，決難善罷，群毆自然必勝，只是難令對方心服，朗聲說道：「此間群雄已推舉洪老幫主為盟主，這個蒙古好漢卻來打岔，要推舉一個大家從未聞名、素不相識的什麼金輪法王，若是洪老幫主在此，原可與金輪法王各顯神通，一決雌雄，只是他老人家周遊天下，到處誅殺蒙古韃子、剷除為虎作倀的漢奸，

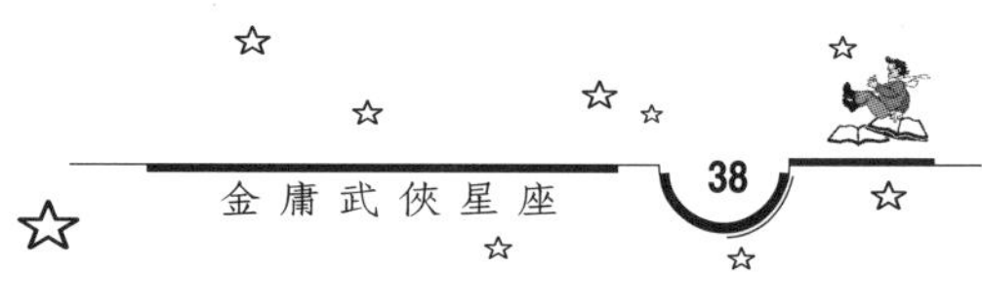

沒料到今日各位自行到來，……就由兩家弟子代師父們較量一下如何？」……若不允黃蓉之議，今日這盟主一席自是奪不到了，這個變故實非始料之所及，不禁徬徨無計。

——《神鵰俠侶・第十二回・英雄大宴》

金庸筆下諸女中，不乏智聰巧穎者，然黃蓉不僅是箇中典型，個性發展尤其突出，從早期的活潑、聰辯到後期的沈穩、聰慧，黃蓉的性格從射鵰到神鵰有頗大的成長幅度，她的轉變反映了生命的可塑性，使黃蓉一角十分動人鮮明。

以射鵰、神鵰為文本，我們可臆測黃蓉星盤中諸星落點如下：太陽、水星、火星坐雙子，月亮駐金牛，金星落巨蟹，木星落獅子，土星駐摩羯，天王星落雙魚，上昇為摩羯。

太陽、水星落雙子由黃蓉的聰智、慧黠可以看得十分清楚，其反應之迅速、論辯之銳利，尋常角色固難以匹敵，饒是飽學之士如才智過人的書生朱子柳也甘拜下風；向來自負聰明的楊過對黃蓉料事如神、處事決斷也相當佩服而有言：「郭伯母，如你這般聰明才智，並世再無第二個了。」即便是專門搞怪、眾人都拿他沒辦法的周伯通也被黃蓉的智辯治得服服貼貼。

黃蓉的武學路數及學武心態可由駐於雙子的火星解釋：桃花島的武學淵博艱深，講究的是迅捷飄逸，非聰明過人者難以學得精妙，然黃蓉早年於武學並不專致，只圖新鮮、有趣，是故即便習得家傳「蘭花拂穴手」、「落英神劍掌」……又得洪七公傳授「逍遙遊」拳法，但出手時誠如七公所形容：「那女娃娃的掌法虛招多過實招數倍，……這一掌定是真的了，她偏偏仍是假的，下一招眼看是假的了，她卻出你不意給你來下真的。」直至歷經海島上生死大難，黃蓉才稍用心於武學進修，這些現象正是雙子習武時的表現。

黃蓉一生的大事是領導丐幫，她始於明霞島捲入丐幫事務，當時洪七公忽傳幫主之位予她，說道：「師父是不中用了，……孩子，師父迫不得已，想求你做一件十分艱難、大違你本性之事，你能不能擔當？……孩子，你跪下……，我是丐幫的第十八代幫主，傳到你手裡，你是第十九代幫主。」若以事業占星術來作分類依據，丐幫屬雙魚座，黃蓉天王星落雙魚可解釋此一因緣。日後黃蓉雖名為丐幫幫主，幫務卻一直由魯有腳代理，然而江湖豪傑在推舉武林副盟主時，仍然選擇黃蓉，這種群眾魅力及領導才能是獅子座的木星帶來的。而黃蓉生於武林世家，復與郭靖為國共守襄陽，在在見其身世之貴，此則摩羯座的土星帶來。

從整個人格發展上看，黃蓉的性格是由風象星座轉向土象星座，年少逃家遊戲、婚後則與郭靖共當武林、國家大業，且把孩子看得極重，甚至表現護短及排外傾向，這一點從黃蓉與楊過初時的關係可看得相當明白，故黃蓉天頂應為摩羯。

金庸筆下的黃蓉才智趣味橫生而未有趙敏之咄咄逼人；情深而未有周芷若之愛憎；愛柔而未有小昭之情怯，此乃吾人以為黃蓉一角迷人之處。

巨蟹座

任盈盈

誕生於水象星座的人，通常會比較富於感情色彩，是屬於跟著感覺走的類型、情感較濃烈，他們的第六感強、喜歡用直覺琢磨人際、善於察言觀色、富同情同理心、願意照顧人、較有人情味、可塑性強；缺點是容易過分敏感、情感耽溺、較無理性、情令智昏、容易受情緒影響、受感情支配、缺乏行動力、想不開、依賴性重、善感易變。

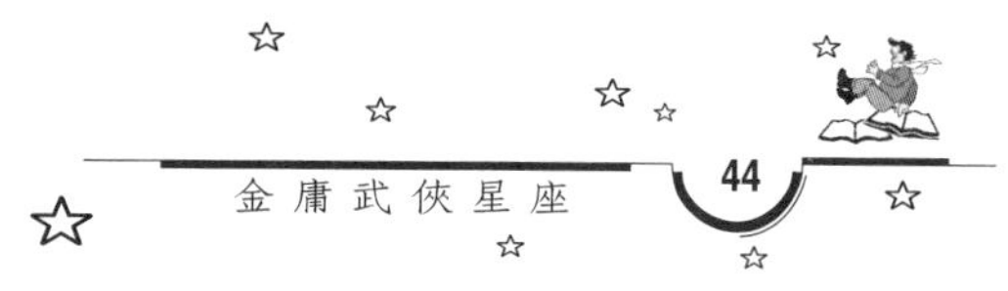

任盈盈

盈盈頓足道：「都是你不好，江湖上這許多人都笑話於我。倒似我一輩子……一輩子沒人要了，千方百計的要跟你相好。你……有什麼了不起？累得我此後再也沒臉見人。」

——《笑傲江湖‧第十七回》

令狐沖一驚，這才想起盈盈便在身邊，自己對小師妹如此失魂落魄的模樣，當然都給她瞧在眼了，不由得臉上一陣發熱。只見盈盈倚在封禪台的一角，似在打盹，心想：「只盼她是睡著了才好。」但盈盈如此精細，怎會在這當兒睡者？

——《笑傲江湖‧第三十五回》

癡戀令狐沖的日月神教聖姑任盈盈，從每一個角度來看，都是個宜室宜家的好老婆，她在情愛的表現上，既是敏感又是害羞，對令狐沖雖然體貼備至，但卻完全不露痕跡，顯現出她是位女人味十足、怡人而檢點的巨蟹座。

令狐沖首度隔牆與任盈盈相處時，以為盈盈是位婆婆，她的一曲「清心普善咒」，不僅為令狐沖調理了體內真氣，也讓令狐沖彷彿回到了童年，在師娘的懷抱中，受她親熱憐惜一般，六月之女的母性光環果真名不虛傳，從此以後，任盈盈便像一位母親似地護衛著她的情郎，而且赴湯蹈火在所不辭。

由於任盈盈的木星落在天蠍，以致她雖然生性淡泊，卻天生有種威儀，她的一聲迫令即可叫數十名大漢自割雙目，往東海蟠龍島充軍，連

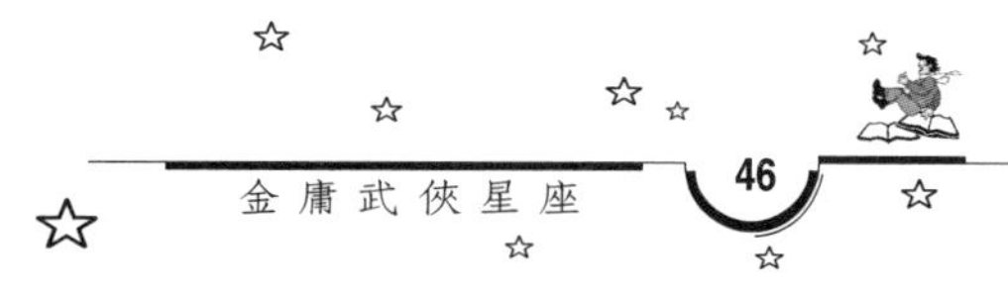

號稱「天下武功第一」的東方不敗，對她也是從不違拗。令狐沖在聽了祖千秋說道：「為什麼聖姑如此了不起的人物，卻也像世俗女子那般扭扭揑揑？她明明心中喜歡令狐公子，卻不許旁人提起，更不許人家見到。」方才明白；一路上群豪如此奉承自己，全是因為盈盈，而群豪突然在五霸岡上一鬨而散，也是為了聖姑不願旁人猜知她的心事，在江湖上大肆鋪張，因而生氣。天蠍有種深沉的黑色權力，木星則有擴張和幸運的能力，木星落在天蠍則將這股黑色權力更形擴大，是以任盈盈幾乎不費吹灰之力，即可震懾三山五嶽的俠士。

任盈盈從小即聰明伶俐，心思之巧，不輸於大人，她是第一個識破東方不敗逆謀的人，此乃因為巨蟹日座擁有一種務實的精明，她可以輕易掌握周遭環境的變化，並且往往略施小計即可擺平眼前的困境。

令狐沖武功雖高，但疏於小節，八面玲瓏的任盈盈恰好可補其不足，青城派余滄海向恆山派叫陣，眼看就要陷入一場血拚，誰知任盈盈

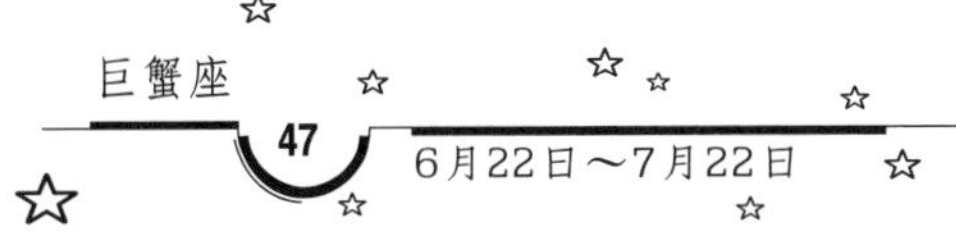

使了一招四兩撥千金，命桃谷六仙撕裂余滄海的座騎，並且說道：「余老道，姓林的跟你有仇。我們兩不相幫，只是袖手旁觀，你可別牽扯上我們。當真要打，你們不是對手，大家省些力氣吧。」，一場惡鬥就此打住。

令狐沖數度受傷，皆靠盈盈出手相救，連岳不群以辟邪劍法與令狐沖格鬥，最後都靠盈盈耍詐餵了岳不群一顆三尸腦神丹，才破解了這場僵局。任盈盈起先為了令狐沖的內傷，也曾獨闖少林寺，說道只要救了令狐沖的性命，她便任由少林寺處置，要殺要剮，絕不皺眉，蟹座的女性就是有勇氣為愛人做出各種英雄式的犧牲。

七月之女對愛人還有一種獨特的占有方式，有點黏又不太黏。令狐沖接掌恆山派門戶，嵩山派樂厚等人不服叫陣，盈盈趕來說打便打，奪樂厚的五嶽令旗，復率眾男丁投入以往只收女尼的恆山派門下，給令狐沖解了大圍，這是盈盈的體貼之一；左冷禪邀集五嶽劍派聚會，推舉五

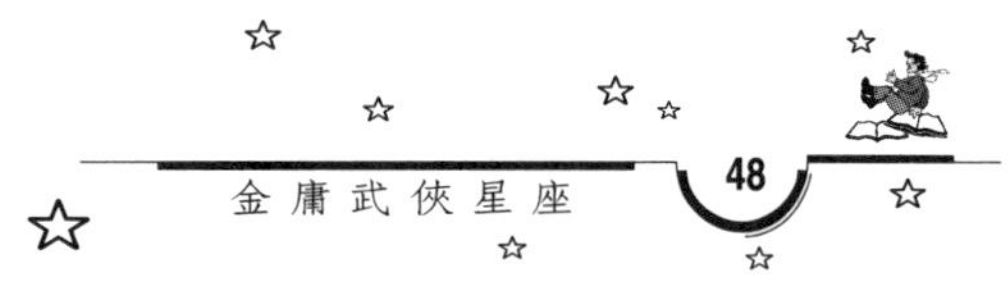

嶽派掌門，盈盈因身為魔教中人，不便陪令狐沖前往，便喬裝為一名身材臃腫的虬髯大漢，混在群眾中暗助令狐沖，此為盈盈的體貼之二。令狐沖察覺後心中一凜，暗道：「盈盈喬裝改扮來到嵩山，原來要助我當五嶽派掌門。她是日月教教主之女，是此間正教門下的死敵，倘若給人發覺了，那可危險之極。她甘冒奇險，一心助我在武林中得享大名，對我如此深情，我……我……我真不知如何報答？」

好一個「我真不知如何報答？」令狐沖原本心中只有小師妹岳靈珊，可是在任盈盈發揮巨蟹癡纏的功力之後，他就陷入了盈盈的溫柔陷阱。

封禪台上一戰，令狐沖身受重傷，岳靈珊趨前陪罪，令狐沖見她要走，失望之情溢於言表，而盈盈把令狐沖失魂落魄的模樣全都瞧在眼裡，卻假裝打盹，這種低調處理醋意的方式，則是雙魚月座的特徵，雙魚座生平最擔心的就是傷害別人，因此盈盈寧肯自己內心受煎熬，也不

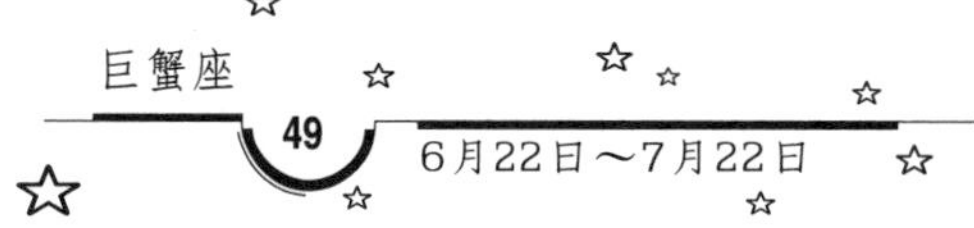

會露出半點妒恨的神態。雙魚月座在情愛上的表現是犧牲、奉獻，只要愛人快樂，她自己就會覺得快樂，所以像是一般女子醋缸打翻時的冷言冷語，或是怒氣沖天，是決計不會出現在任盈盈身上的。

月亮在雙魚還有一種特質，那就是屢屢萌生退隱江湖之心，任盈盈對江湖豪士握有生殺大權，卻寧可在洛陽陋巷隱居，琴簫自娛，這種視功名富貴如流水的境界，是雙魚座與生俱來的最大優勢，雙魚座無欲則剛，不貪不求，幾乎有種近乎宗教的神聖情操，再加上任盈盈心腸特軟，服了日月教三尸腦神丹的江湖教眾，若不是靠著她去求解藥，早就毒發身亡，可見「聖姑」這個封號任盈盈的確當之無愧。

蕭峰
金毛獅王　謝遜
天山童姥

獅子座

性情中人、善惡分明、熱誠進取、赴湯蹈火、明朗自信、大方率真，自我中心、主觀自大、惡評獨斷、虛榮炫耀、穩健踏實、堅持目標、重視信約、堅定可靠、情深義重，堅持己見、難以溝通、固執頑抗、惡勸剛愎。

蕭峰

蕭峰大聲道：「陛下！蕭峰是契丹人，今日威迫陛下，成為契丹的大罪人，此後有何面目立於天地之間？」拾起地下的兩截斷箭，內功運處，雙臂一回，噗的一聲，插入了自己的心口。

——《天龍八部‧第五十回‧教單于折箭　六軍辟易　奮英雄怒》

那人罵道：「你這臭騾子，練就了這樣一身天下無敵的武功，怎地為一個瘦骨伶仃的女娃子枉送性命？她跟你非親非故，無恩無義，又不是甚麼傾國傾城的美貌佳人，只不過是一個低三下四的小丫頭而已，天下哪有你這等大傻瓜？」

——《天龍八部・第二十回・悄立雁門　絕壁無餘字》

金庸筆下的大俠客蕭峰是許多讀者喜愛的角色，上了銀幕，他依舊是無數「阿朱」影迷醉心的對象、「段譽」影迷最想結拜的大哥，單從這種明星地位判斷，便可猜測蕭大俠星盤裡頭少不了強勢的獅子星座。

喬峰一出場，便有獅子派頭，段譽眼中的喬峰，「身材甚是魁偉，……濃眉大眼，高鼻闊口，……顧盼之際，極有威勢。」所描述的是一種典型的獅子外型，暗示喬峰有著獅子上昇星座。

段譽的觀點與阿朱的近似，阿朱受到重傷，喬峰雖與她非親非故、無恩無義，仍決意甘冒性命之險為她找天下最好的大夫治傷，阿朱「瞧著他（喬峰）這副睥睨傲視的神態，心中又是敬仰，又是害怕，只覺眼前這人……天不怕、地不怕，……又驕傲、又神氣。但喬峰粗獷豪邁，像一頭雄獅，慕容公子卻溫文瀟灑，像一隻鳳凰。」（〈第十九回・雖千

萬人吾往矣〉）

喬峰屬於高貴型的獅子，展現的盡是獅子的光明面，粗獷豪邁、（有道理的）驕傲神氣之外，領導魅力與組織能力也是一流，他以外族契丹人的身分，在倍受丐幫前任幫主汪劍髯考驗下，過關斬將，接任武林第一大幫幫主，踏入江湖以來，只有為友所敬，為敵所懼，甚至在受到馬夫人等人設計陷害，也不念舊惡地代叛將宋、奚、陳、吳等長老挨刀，洗清他們的罪責，這種義薄雲天、愛屬下如子的個性，正是獅子最高貴的特質之一。

蕭峰的組織力也是一流，先是領導天下第一大幫，治理得有聲有色，後來殺遼楚王、擒皇太叔，協助耶律洪基平定叛軍，受封遼南院大王，如此高官，手底下待理事務何只千萬，他竟以一個毫無做官經驗的生手，將遼軍治理得井井有條，這種組織辦事的能力只能歸諸天生的獅子基因。

蕭峰最後為化解遼宋間的戰爭，不惜以生命換取耶律洪基終一生不犯宋的諾言，更是獅子最高貴的表現，獅子是萬獸之王，有些獅子就是無法忍受自己擺出委瑣窩囊的模樣，情願用生命換取尊嚴。另外，蕭峰的大義舉動也具足戲劇效果，這也是許多愛現的獅子無法克服的嗜好。

既有如此濃烈的獅子氣息，蕭峰太陽與木星應也在獅子。

蕭峰最後傷心而死，從醫療占星術的角度言，也反映了獅子座的影響，原來心臟劃歸獅子所主，是故獅子得心臟病的多。

蕭峰本契丹人，命運安排受宋人撫育成長，後來卻又見棄於宋人，遍歷遼、女真、西夏等地，匆匆一生，跑遍當時多國，非但如此，復在遼官居一品，榮任南院大王；結交完顏阿骨打，困於遼時，竟得女真人援救；與自大理的段譽義結金蘭，同義弟虛竹共赴西夏完成婚事，像這種外國緣很重的現象，暗示蕭峰射手星座有星放光，蕭峰的火星居射手，並與獅子座中的木星相拱，形成木火二星既相拱又「互容」的星

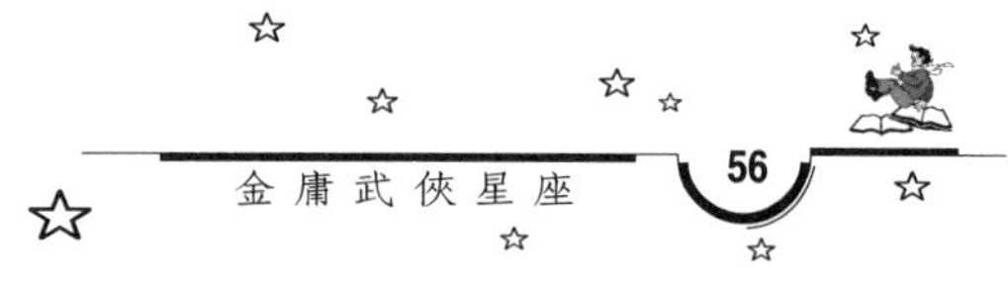

象，所謂「互容」，是指火星居木星守護的射手座，而木星居太陽守護的獅子座，由於太陽亦火，因此木居火位，如此木火交叉配置，很可發揮積極功能。

火居射手，令蕭峰奔走各國，有木來拱，使他在國外有時比在本國還順，是謂「異地見榮」。而木火互容，則使他兼通射手座與獅子座的功夫。

蕭峰騎術驚人，他在遼國楚王的千軍萬馬中，縱馬為耶律洪基射殺謀反的楚王，不但在馬上能發連珠箭，轉到馬腹之下，還能用雙足鉤住馬背飛奔再飛連珠箭，這不能不說是射手帶來的本事。

但蕭峰的獅子座武功更有看頭，「降龍十八掌」一招「亢龍有悔」便打得星宿老怪丁春秋落荒而逃。何以「降龍十八掌」是獅子座武功？原來獅龍俱為獸王，故降龍功法為獅子所喜。

但蕭峰的愛情運卻很差，至愛之人阿朱竟然死於自己手下，他的金

星落於處女座，使得他雖然廣受敬重、體魄迷人，卻始終單身。金星處女帶來遏制情欲的傾向，以致蕭峰雖與阿朱有肌膚之親的機會，卻限於禮法未加親近，金星處女的道德標準甚高。此外，金星在處女是坐陷宮，男命逢之，碰上其他因素加合，可能娶到地位較低的女子，就如蕭遠山罵他兒子以武林至尊之身，愛上阿朱這「低三下四的小丫頭」。蕭峰所受的獅子磁波也有助於他不計較戀愛的對象，高高在上的獅子比較習慣受丫頭侍候，而較少攀龍附鳳，因為他太愛尊嚴。

蕭峰的水星也在處女。太陽獅子善於處理大事，卻未必處理得了小事，水星處女卻使人極細心，遇事諸般細節都處理得妥貼。阿紫眼盲後想求蕭峰帶她去靈鷲宮求醫，料想她姊夫「外貌雖粗豪，心中卻著實精細」，豈會不知她想些什麼，於是直言懇求蕭峰帶她去靈鷲宮。又例如蕭峰遭內變，丐幫部屬陰謀害他這般大事，他處理得卻有條不紊，不但見得到獅子的組織力，也見得到處女的細心。

金毛獅王 謝遜

他目光自左而右，向群雄瞧了一遍，就道：「在下要取這柄屠龍刀，各位有何異議？」他連問兩聲，誰都不敢答話。

——《倚天屠龍記・第五回・皓臂似玉梅花妝》

謝遜淒然道：「我自己的親生孩子給人一把摔死，成了血肉模糊的一團，你們瞧見了沒有？」……謝遜伸出雙手，將孩子抱在臂中，不由得喜極而泣，雙臂發顫，說道：「你……你快抱回去，我這模樣別嚇壞了他。」

——《倚天屠龍記・第七回・誰送冰舸來仙鄉》

金庸筆下的人物，有些性格非常單純，郭靖是一個例子，《倚天屠龍記》中的明教四大護教法王金毛獅王謝遜也是。雖然獅王一生歷經人生大悲大痛，但行為表現一致性極高，我們以為，謝遜的性格大部分受火象星座影響，其命盤中星曜落點如下：太陽與冥王星「會」（二星間所呈角度近於零）於獅子，上昇亦為獅子。月亮、火星、土星駐白羊，天王星落巨蟹，其中月亮與天王星之關係應為「刑」（二星間所呈角度約九十度），土星與天王星之關係亦為「刑」。

《倚天屠龍記》第五回對金毛獅王謝遜的相貌、神情有相當清楚的描述：「那人身材魁偉異常，滿頭黃髮，散披肩頭，眼睛碧油油的發光，手中拿著一根一丈六、七尺長的兩頭狼牙棒，在筵前這麼一站，威風凜凜，真如天神、天將一般。」這種威武之相是獅子的一種典型。靜態的描述已然如此，獅王動起來自是更加不得了。在「王盤山」一役，謝遜以一敵眾，且非被動受襲，而是由他主動一一對陣，其威壯非「獅王」

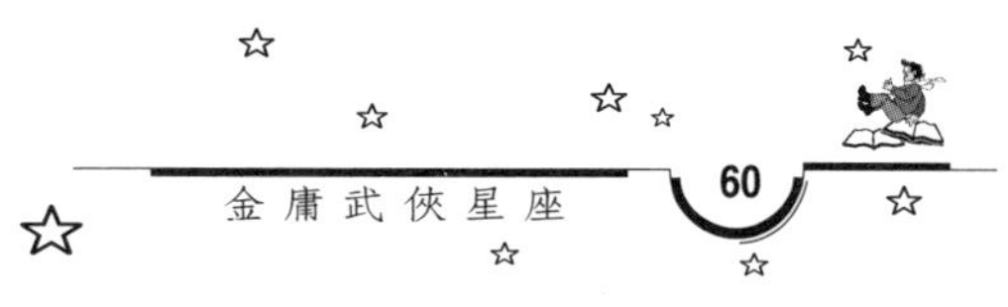

無足名之，故謝遜太陽、上昇星座應為獅子座。另外，從占星色彩學來看，黃色與金色是獅子座的「正色」——即象徵顏色——「金毛」獅王名符其實地展現了獅子座的色彩。

從武術占星術的觀點，獅王也受到頗重的獅子座影響。他在王盤山發獅子吼，將天鷹教、巨鯨幫、海沙派、神拳門等高手嘯得盡數暈去，這獅吼功正是獅子獨門功法。而他佩用的「屠龍刀」，號稱「武林至尊，寶刀屠龍，號令天下，莫敢不從！」實屬王者器械，也相應於獸王獅子的風範，由獅王佩帶是為甚妥。

他也具有獅子的缺點，這主要是冥王星帶來的。《倚天屠龍記・第七回》如此說謝遜：「但素知謝遜的名字中雖有一個『遜』字，性子卻極是倨傲……」冥王獅子最大的毛病之一便是不服人。

然就全盤行事、武功而論，謝遜白羊座的傾向也相當強，他在冰火島上臧否古今人物，連老天都罵成「賊老天」，其不服傳統、憤世嫉俗正

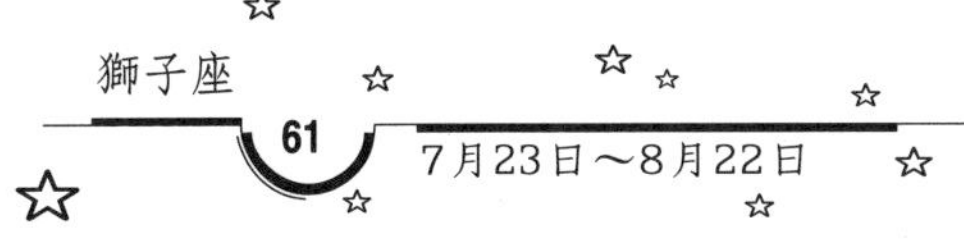

是月亮落白羊而受剋的特徵（月亮與天王星相刑）；此外，心思敏捷、脾氣時好時壞的個性也多少受月亮白羊的影響。

在武術方面，謝遜雖然自承武功泰半得自他師父「混元霹靂手」成崑，但可以反映出謝遜個人特色的武功，應為他家破人亡、尋師復仇十三年間所習的「七傷拳」，此因謝遜為其師毀家後，一生意念均為復仇所牽動，苦練七傷拳亦是為此。金庸對七傷拳的描述是：「所謂七傷，實則是先傷己，再傷敵。」這種剛強霸道、不惜兩敗俱傷務求造成傷害的功法，實是白羊座發怒時的典型表現。而謝遜於「王盤山」發獅子吼毀人心智、挑鼎斃人，在在可見他臂力、內力之剛猛盛大，十足是火象星座如白羊、獅子的特質。謝遜習練七傷拳時因內力修為不足，造成失心狂的毛病，此乃導因於心脈受損所致，這一點部分是謝遜受白羊的月亮與天王星二星曜刑剋影響，部分因太陽與冥王星會於獅子（日冥會獅易損心）。

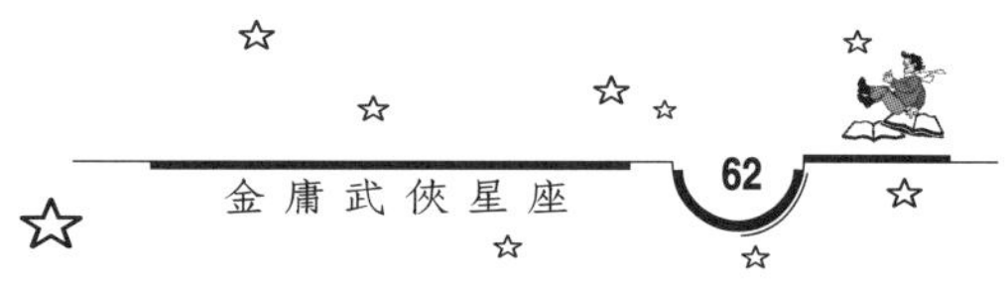

再就武器言，「屠龍刀」屠龍的部分反映的是獅子特色，但刀本身雖屬火象星座兵器，卻較偏向白羊座。

謝遜與他的師父「混元霹靂手」成崑之間的恩怨，是促使獅王一生命運轉變的主軸，這暗示他有著虛弱的第九宮（西方占星學認為，第九宮所含蓋的生活領域包括教學活動、師生關係等）。獅王土星落白羊座第九宮、天王星則落巨蟹第十二宮，土星象徵權威角色，在第九宮常化為師父型的人物，天王象徵對抗權威的力量，落在第十二宮，暗示師父反成暗中的敵人，這兩星相「刑」，為謝遜、成崑兩人之間的關係帶來極大張力，終於令成崑一夜之間驟下殺手，使謝遜家破人亡，恩師反為大仇。

然謝遜因屠龍刀懷璧招罪、復受成崑陷害見囚少林寺，由少林渡厄、渡難、渡劫等三名老僧看管，於此間聽聞三僧誦經竟得大徹大悟，如其對張無忌所言：「無忌孩兒，我一生罪孽深重，在此聽經懺悔，正

是心安理得。你何必救我出去？」這種「放下屠刀，立地成佛」的大悔悟充滿戲劇性，而「戲劇性」正是獅子的關鍵詞，獅王死後重生，也必受太陽與冥王星會於獅子的影響，使得謝遜表現出一高貴情操，藉此而得悟！

天山童姥

只聽烏老大道：「童姥有多大年紀，那就誰也不知了。我們歸屬她的治下，少則一、二十年，多則三、四十年，只有無量洞洞主等少數幾位，才是近年來歸屬靈鷲宮治下的。反正誰也沒見過她面，誰也不敢問起她的歲數。」

——《天龍八部・第三十四回》

只見這人身形矮小，便是那八、九歲女童，但雙目如電，炯炯有神，向虛竹瞧來之時，自有一股凌人的威嚴。虛竹張大了口，一時說不出話來。

那女童說道：「見了長輩不行禮，這般沒規矩。」聲音蒼老，神情更是老氣橫秋。虛竹道：「小……小姑娘……」那女童喝道：「甚麼小姑娘，大姑娘？我是你姥姥！」

——《天龍八部・第三十五回》

身長永遠如八歲女童的天山童姥，是《天龍八部》中亦正、亦邪的武林人物，儘管她的生死符令三十六洞洞主、七十二島島主聞之喪膽，但是她恩怨分明，有賞、有罰的原則，卻是日座獅子的英雄本色。

獅子座威風凜凜，君臨天下，三十六洞洞主，七十二島島主，有的僻居荒山，有的雄霸海島，似乎好生自由自在，其實個個受天山童姥的約束，她除了每年一、二次派人前去將他們訓斥一頓外，嫌不足之餘，還會派人去打，烏老大道：「這童姥欺壓於我等，將我們虐待得連豬、狗也不如。倘若她不命人前來用大棍子打屁股，那麼往往用蟒鞭抽擊背

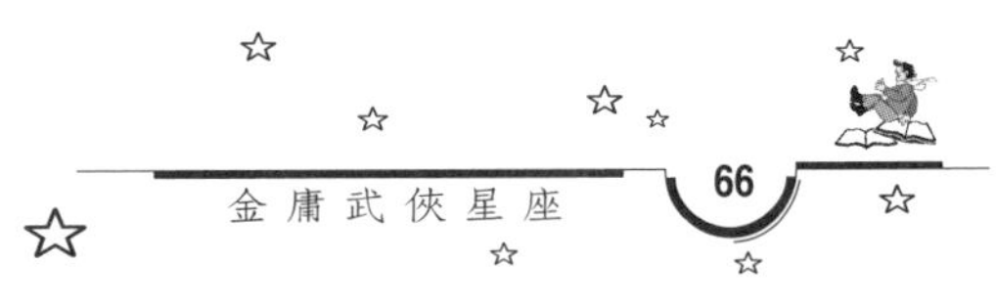

脊，再不然便是在我們背上釘幾枚釘子。」

獅子座喜好奢華鋪張的排場，也顯示在縹緲峰靈鷲宮九天九部諸女弟子身上，這些女弟子個個身披綠色斗篷，斗篷胸口都繡著一頭神態猙獰的黑鷲，除了斗篷外，諸女弟子衣飾華麗，每一部的服裝顏色均不一樣，是以一字排開迎戰敵人手，頗有戲劇式的華麗效果。

獅子座天生有濟弱扶傾和憐憫幼小的傾向，只要順了她的意，她願意庇護天下所有不幸之人，因此靈鷲宮中諸女，十之八九是吃過男人大虧的，不是為男人始亂終棄，便是給仇家害得家破人亡。四胞胎梅蘭菊竹自幼失怙，童姥見四妹生性嬌憨，更是待之如親生小輩。只是童姥性子嚴峻，稍不如意，重罰立至。

童姥見虛竹救了她之後，屢次笨手笨腳地把自己弄得皮破血流，便道：「你寧可自己受傷，也不敢壓我，總算對姥姥恭謹有禮。姥姥一來要利用於你，二來嘉獎後輩，便傳你一手飛躍之術。」當李秋水追趕虛

竹與斷了一條腿的童姥時，童姥知道己方不敵，虛竹可能白白送死，因此說道：「小師父，多謝你救我，咱們鬥不過這賤人，你快將我拋下山谷，她或許不會傷你。」童姥有情有義，豪爽任俠的獅子本性於此時再度顯露無遺。

是以姥姥身亡之後，一干靈鷲山女弟子哭聲大振，甚是哀切。這些女子每一個都是在艱難困危之極的境遇中由童姥出手救出，童姥的恩情眾女終生感戴，即使連虛竹也因姥姥這三個月中待他甚好，並且蒙她傳授不少武功，而難過地伏地哭了起來。

但是童姥毛毛躁躁，胸無城府的性子卻是個道地的上升白羊，童姥雖已九十六歲，但言行舉止猶如初生之犢，她見無崖子送一幅宮裝美女圖給虛竹，又叫虛竹去大理無量山尋人學「北冥神功」，不禁妒火中燒，氣得咬牙切齒，將圖畫往地下一丟，伸腳便踹，還怒聲道：「哼！小賊癡心妄想，還道這賤婢過了幾十年，仍是這等容貌。啊！就算當年，她又那有這般好看了？」她惡毒地罵了一陣之後，又叫虛竹和尚去替她捉雞捉鹿，虛竹自然不從，她又要虛竹學釋迦牟尼割肉飼鷹的典故，以自身血肉供她吃喝，嚇得虛竹拔腿就跑。

天山童姥為人，向來不做利人不利己之事，她教虛竹北冥神功和天山折梅手等功夫，不外乎是想借虛竹之手抵禦強敵，她將自己的意圖照實說給虛竹聽，虛竹覺得童姥雖然用心不好，但什麼都說了出來，倒是光明磊落的「真小人」。這等坦率與直接，自然也是白羊上昇作祟的關係。

上昇白羊一心求勝，要強到底的個性，卻也使童姥在辯輸虛竹之後硬是破了虛竹不食葷腥，不近女色的佛家戒律。她將白鶴血硬灌入虛竹口中，嘻嘻笑道：「小和尚，你佛家戒律，不食葷腥，這戒是破了罷？一戒既破，再破二戒又有何妨？哼，世上有誰跟我作對，我便跟他作對到底。」童姥又抱來西夏公主，破了虛竹的淫戒，眼見狡計得逞，她笑道：「佛門子弟要不要守淫戒？這是你自己犯的呢？還是被姥姥逼迫？你這口是心非、風流好色的小和尚你倒說說，是姥姥贏了，還是你贏了？哈哈！哈哈！哈哈！」白羊上升的任性與幼稚，使得高齡九十六的童姥竟與二十四歲的虛竹斤斤計較，硬生生讓虛竹當不了和尚。

不過，童姥的月座天蠍，也多多少少影響了她武功的路數，她的生死符、斷筋腐骨丸，均是天下第一的陰損毒藥，中毒之後叫人求生不得求死不能；她練六合八荒唯我獨尊功時，必須生飲活血，而這功夫雖然威力奇大，卻有一個大大不利之處，那就是每三十年，童姥便要返老還童一次，由於童姥六歲即開始修習，發功過早，因此身子從此不能長大，永遠是八、九歲的模樣。生與死、少與老和天山童姥一生都脫離不了干係，而這也正是月座天蠍與生俱來的宿命。

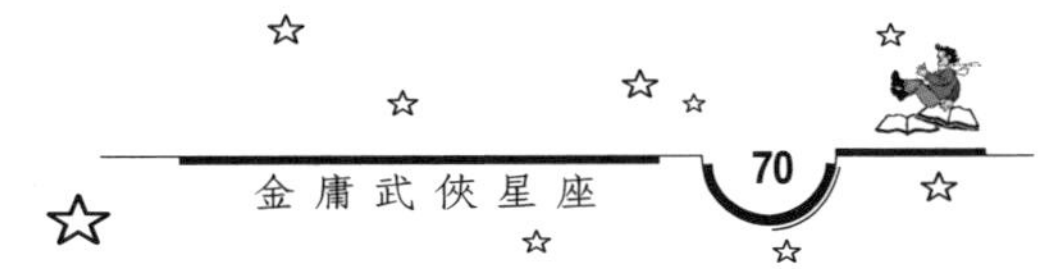

處女座

程靈素

處女座的守護神星與雙子座一樣是水星，一般來說，雙子的思考力較處女靈活度高，處女較雙子廣度深且精。誠信堅定、守成實際、勤勞節儉、理性謹慎、思慮周密、精志純一，好惡分明、主觀批評、禁忌太多、原則太多、呆板固執、難以取悅；頭腦清晰、邏輯性强、分析力佳、觀察敏銳，尖酸刻薄、吹毛求疵、矛盾憂鬱、孤僻狷介是他們的特性。

程靈素

那村女抬起頭來，向胡斐一瞧，一雙眼睛明亮之極，眼珠黑得像漆，這麼一抬頭，登時精光四射。胡斐心中一怔：「這鄉下姑娘的眼睛，怎麼亮得如此異乎尋常？」見她除了一雙眼睛外，容貌卻是平平，肌膚枯黃，臉有菜色，似乎終年吃不飽飯似的，頭髮也是又黃又稀，雙肩如削，身材瘦小，顯是窮村貧女，自幼便少了滋養。她相貌似乎已有十六、七歲，身形卻如是個十四、五歲的幼女。

——《飛狐外傳‧第九章‧毒手藥王》

程靈素道：「這盆花叫做醍醐香，花香醉人，極是厲害，聞得稍

久，便和飲了烈酒一般無異。我在湯裡、茶裡都放了解藥。誰教他不喝啊？」

胡斐恍然大悟，不禁對這位姑娘大起敬畏之心，暗想自來只聽說有人在飲食之中下毒，那知她下毒的方法卻高明得多，對方不吃、不喝反而會中毒。

——《飛狐外傳・第九章・毒手藥王》

金庸小說中的女主角非嬌即辣，而且個個美得像朵花似的，唯獨毒手藥王的傳人程靈素容貌平平，面黃肌瘦，平時也盡幹些拔草挑糞的粗活，對標榜「英雄美人情關難過」的武俠小說而言，程靈素不啻是個異數。

不過，程靈素的心思細密，智計百出，胸有成竹，處處占人上風等特色，則居各女俠之冠，而這份聰明，實乃拜她的太陽在處女、木星在雙子、月亮在天蠍之賜。

程靈素洞燭機先，深謀遠慮，什麼都事先想到，心眼簡直比計眼還細，處女座對細微硬是有一般執著，她們凡事都能堅持到最後一個細節，而且邏輯推理的能力也遠遠超乎一般人之上。

姜鐵山得了程靈素的三束醍醐香之後，面有難色地想請程靈素留下相助，運氣施為，程靈素不待他話說完，便指著門外的竹籬道：「大師哥便在這竹籬之中。小妹留下的海棠花粉，足夠替他解毒。二師哥何不乘機跟他修好言和，也可得一強助。」程靈素的這項安排，既解了師兄弟間多年的嫌隙，也可共退強敵。可見她腦子裡早就打好了這局一兼二顧的如意算盤，但是這種精確的計算若非處女斤斤計較的個性使然，想則無法如此周全。

程靈素身材瘦小，雙手纖細柔軟倒像是十一、二歲女童的手掌一般，加以腳步輕盈，關門不聞落閂聲，其外形完全的吻合處女座的幽雅清淡，再看她端出來的三菜一湯：煎豆腐、鮮筍炒豆芽、草菇煮白菜配鹹菜豆瓣湯，雖然全是清淡素菜，但卻滋味鮮美，讓胡斐連吃了四碗飯。其人巧、心巧、手巧，叫人打從心眼裡佩服。

程靈素之巧跟她的木星落在雙子也大有關係，她隨機應變的速度之快，令人歎為觀止，就如她和胡斐為了搭救馬春花，被敵人逼入林中，只見林子當中是座較大的石屋，兩側都是茅舍，程靈素見那些茅舍一間間都是紫扉緊閉，四壁又無窗戶，看來不是人居之所，便取出火熠，打著了火，往兩側茅舍上一點，拉著馬春花進了石屋，關上了門，又上了門閂。她毫不思索地燒盡茅舍，用意在迫使敵人進攻時無藏身之處，馬春花還要想了一會，方始明白她的用意，不禁讚道：「姑娘！妳好聰明！」

程靈素小小年紀就能當機立斷，而且鮮少出過差錯，實因雙子給了她一顆活躍、快速的心智，但若不是有顆幸運的木星在鎮著，反應快也可能代表太過匆促而衝過了頭，反倒招致大禍。程靈素的木星在雙子，則往往令她絕處逢生，並且想出別人怎麼也想不出的高妙點子。

胡斐進福府搶救馬春花的兩個兒子，遭眾衛士圍剿，正在走投無路時，眼前出現一輛糞車，他一躍上車後，每逢十字路口，均有一輛糞車接應，原來這又是程靈素的妙計，倘若不是僱用糞車，尋常大車一輛輛停在街心，給巡夜官兵瞧見了，哪能不起疑；而程靈素帶著胡斐，見眾衛士追得近了，便不換車，以免縱起躍落時給他們發覺，若是相距甚遠，便和胡斐攜同兩孩換一輛車，使騾子力新，奔馳更快。

不過，雙子當然也給了程靈素捉狹的本事。她深知胡斐對袁紫衣魂縈夢繫，故意要胡斐將珍藏的那隻玉鳳凰砸個稀爛，胡斐怎捨得砸了袁紫衣給的信物，便呆在當地，不知如何是好。程靈素見狀緩步走近，從他手中接過玉鳳，給他放入懷中，微笑道：「從今以後，可別輕易答應人家。世上有許多事情，口中雖然答應了，卻是無法辦到的呢。好吧！

咱們可以走啦！」她以乾脆俐落的手法處理她與胡斐的感情糾葛，胡斐求她與之結拜為兄妹，她心中縱有千萬個不願意，表面上還是立即跳下馬來，在路旁撮土為香，雙膝一曲，更跪在地上。這不囉嗦的爽落作風，也是因為那一顆落在雙子的木星。

程靈素的月座在天蠍，則使她整日與巨毒為伍，天蠍兼具邪惡與毀滅的力量，而毒藥正是兩者的代表，照理說十七、八歲的小姑娘應該喜歡弄點胭脂花粉，但她成天接觸的不是七心海棠，便是赤蠍粉，如果她再生得美些，大可被造就成「蛇蠍美人」。

程靈素處處提防，令胡斐大嘆自己的年紀是活在狗身上了，如能有她十成中一成聰明便好了，程靈素卻說：「我學會了使用毒藥，整日便在思量打算，要怎麼下毒，旁人才不知覺，又要防人反來下毒，挖空心思，便想這種事兒。咳！那及得上你心中海闊天空，自由自在？」天蠍座是天生的偵探，她們的心機太深，因此老覺得危機四伏，處處都得提防，整天沒個安寧的時刻，沒想到「善泳者溺於水」，程靈素最後為了救身中碧蠶毒蠱、鶴頂紅、孔雀膽三種巨毒的胡斐，一口一口地吸出胡斐體內的毒血，竟爾中毒身亡。但是她死後仍用七心海棠蠟燭殺了兩個仇家，替胡斐又除了去了兩名強敵。天蠍座與生俱來的命題就是「愛與死」，聰明如程靈素亦逃不過宿命的安排，但是她死後連殺兩人的招數，卻不得不又令人讚歎。

所謂的「百足之蟲死而不僵」，天蠍座真的卯起來要害人的時候，那招數可是取之不盡、用之不竭的，像程靈素的死後連奪二命，即是最好的明證。

天秤座

張無忌
岳不群
阿珂

天秤座的守護神星是金星。金星是一顆影響星盤廣義的情愛關係、好惡及吸引力的星體。它愛慾深重、好惡分明，但更喜歡諧調和美的世界。他們能言善道、分析力佳、理性公正、善人際協調、適應力强、交遊廣闊，輕浮善變、工於心計、天花亂墜、說的多做的少、牆頭草、見風轉舵、猶豫不決；富理想野心、積極進取、具整合力、善用資源、耳根子軟、喜奉承、獨占性强、無耐性、自我意識强。

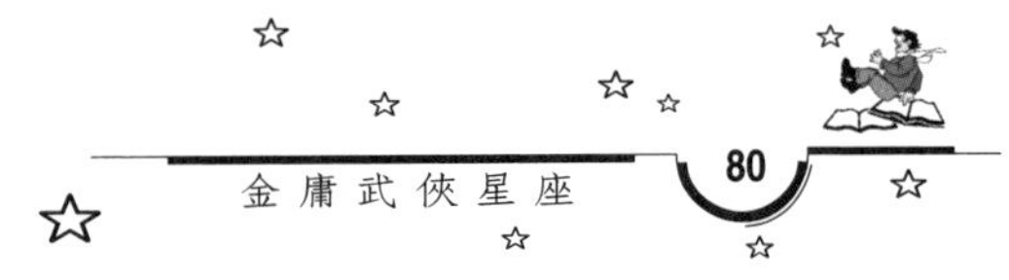

張無忌

張無忌……這一瞬間，他已克制了胸中的怒氣，心道：「倘若我打死、打傷了六大派中任誰一人，我便成為六大派的敵人，就此不能做居間的調人。武林中這場兇殺，再也不能化解……不管他們如何罵我辱我、打我傷我，我定當忍耐到底，這才是真正為父母及義父復仇雪恨之道。」

——《倚天屠龍記・第二十回》

張無忌……想起身負教主重任，但見識膚淺，很多事都拿不定主意……只盼早日接得謝遜回來，便可卸卻肩頭這副自己既挑不起，又實在不想挑的重擔。

——《倚天屠龍記‧第二十四回》

張無忌在金庸全集中，無疑是一個非常特殊又看似平凡的角色，他是所有的主角中唯一當上「教主」，具備精神領袖地位的人。但他的教主風格又不包含野心、欲望在內，而只是出於他本身希望能調停正邪雙方，調停明教內鬥的心願，是因緣際會造就的教主。說到底，這都與他坐落於天秤的太陽有關。日座天秤的人，其事業時而與調解糾紛、人際溝通相關，所以張無忌一上光明頂，在處理六大派與明教的糾紛時，可以從容不迫、應付自如。但這個太陽位置有其弱點，容易使人陷入猶豫不決的困境。加上張無忌的太陽與海王星相合，更加強了這方面的傾向。海王星不只強調出天秤的部分，同時也在其中注入一份慈悲心腸，所以張無忌總是善意地為人排難解紛，希望眾人能止息干戈，但這顆有時柔軟的海王星也會令人硬不下心腸做涉及利害關係的決定。

然不可諱言的是，張大教主是十分體恤部屬的，有的時候甚至顯得有些婆媽，時常是處處叮嚀、諄諄告誡，頗有一些媽媽帶孩子的味道，這有一些是海王天秤帶來的，但更強大的影響來自落於巨蟹的月亮。這個月座還令他情感豐沛，常有傷心落淚的場面，像他的六叔被人下毒時，或者是在蝴蝶谷明教大會之後，皆曾流露真情。不過這個位置卻正好與太陽相刑，造成一種帶來強大壓力的緊張關係。這個相位的影響深遠，首先便意味著其父母之間的不睦，乃父張翠山所代表的名門正派，與乃母殷素素代表的旁門左道原就勢同水火，兩人雖然結為夫婦，但情形仍未見緩和，不僅導致兩人身死，還影響到張無忌往後的人生，變成與他一世糾纏的課題。

此外，促使張無忌成為教主的重要因素還有一個，便是落於摩羯座的土星，土星位於此乃是「入廟」，主其人地位高顯，受人重視。張無忌是武當弟子之後，在白道上本就地位尊崇，張三丰又特別疼愛他，地位

自然不凡，他母親是明教白眉鷹王之女，也是顯赫人物，他的身分在明教中更倍受矚目。更有趣的是，張無忌本人並不想成就什麼功業，但時勢總是會推他上前，擔任明教教主是如此，在少林寺率眾抗元也是如此，這個落點還有助於他在醫術方面的精進，土星原本在古典意義上便與醫生有緣，特別是擅於用藥的醫生更得土星眷顧，是以醫仙胡青牛常嘆張無忌青出於藍，而張無忌自己又始終與毒藥、解藥脫不了關係，還得在野外就地取材，為眾人治毒療傷。

土星也帶來了重重磨難與張無忌的少年老成。由於土星與月亮相沖，他與母親的緣分頗為淡薄，在十歲時母親便已亡故。更不幸的是，這顆土星不只剋母，也與位於天秤的太陽相刑，而且太陽還受到海王星的進一步削弱，終於無法抵擋來自土星那代表門派、權威的力量，張翠山只好自刎而死。事實上，張翠山並沒有真正做了什麼錯事，而是為了承擔妻子及結拜兄弟金毛獅王的罪過，這種受拖累而身亡的死法，正是

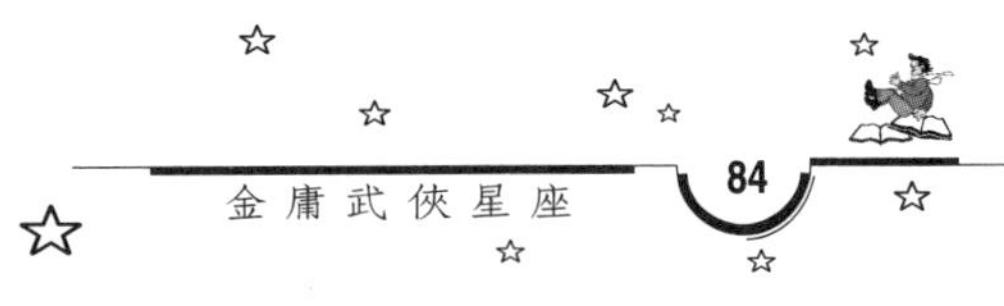

源於海王星的影響。張無忌在承受了如此悲慘的身世之後，又如何能不老成呢？也就難怪他在光明頂秘道中，聽到小昭唱「到頭這一身，難逃那一日」時，忍不住魂為之銷了。

張無忌的感情生活其實也不順利，授日月相刑的影響，使得他與四位異性女友趙敏、小昭、周芷若、殷離之間風波不斷，其間又有來自土星的衝擊，令他的情感老是牽扯上明教的復國大業，漢、蒙之間的仇怨、國家與個人的抉擇等等，難以享有單純的感情，加上趙敏、周芷若兩女的明爭暗鬥，除了爭風吃醋以外，由於周芷若是峨嵋派掌門，趙敏則是朝廷汝陽王之女，演變成權力鬥爭乃勢所難免，從而使張無忌處身其間，無所適從。偏偏落於天秤座的金星又為他帶來良好的異性緣，不想要也不行，被他咬了一口的殷離一輩子惦著他，餵過他吃飯又曾刺傷他一劍的周芷若想得到他、原本處處與他作對的趙敏甘願為他背叛父兄、小昭為了救他甚至捨棄了一生幸福，然而他始終難以取捨，這就是

受天秤座猶豫不決的影響，若非是情勢使然，最後他是否與趙敏在一起，仍未可斷言。

張無忌一生所學武功均是名家之作，如九陽神功、乾坤大挪移、太極拳劍等，都很具代表性，最特別的是乾坤大挪移借力使力、挑撥離間的特質，乃是屬於靈巧多變一類，正與雙子座的意義相合，這或許與他的火星落於雙子有關，像蒙古玄冥二老之流的高手，仍受這門功夫牽引而自相殘殺，其餘可想而知，而這份靈巧也曾發展到極端，結果變成機詐權術之類的東西，就如同從乾坤大挪移衍生出來的聖火令武功，既詭異又邪惡，差點害張無忌走火入魔，幸而他的火星與太陽成拱，有九陽神功充沛的能量支撐，心清智明，才沒有受到影響，反而把這種至靈至巧拿來輔助太陽天秤具備的調停功能，才令他在光明頂上面對六大派時，得以一一化解障礙，其後又助各大派及丐幫等排除災厄，使得全武林鼎力支持明教抗元，這不可不謂之張無忌一生成就的顛峰。

岳不群

岳不群續道：「……在下常想，倘若武林之中並無門戶宗派之別，天下一家，人人皆如同胞手足，那麼種種流血慘劇，十成中至少可以減去九成……」

——《笑傲江湖．第卅二回．併派》

只見他臉上紫氣大盛，也伸出左掌，與左冷禪擊來的一掌相對，碰的一聲響，雙掌相交。……

左冷禪心想：「他華山派的『紫霞神功』倒也了得……」

——《笑傲江湖．第卅四回．奪帥》

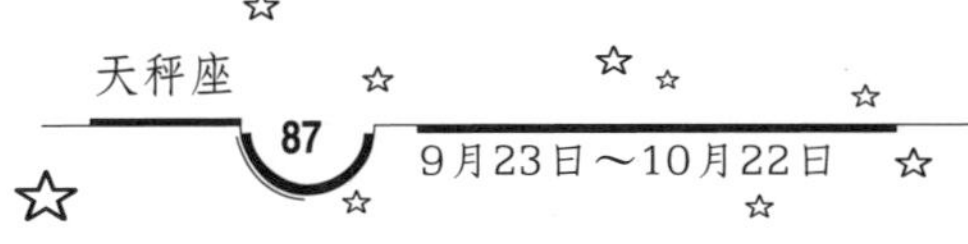

華山派掌門「君子劍」岳不群，是金庸自言最不欣賞的角色，這位一統五嶽劍派的江湖高手有著怎樣的德性，令金大俠如此不齒？

一言以蔽之，就是「君子劍是偽君子。」口裡說一套，手上做另一套；表面冠冕堂皇，裡頭卑鄙奸惡。

人性本善，這種個性之所以形成需要許多不利的因素結合起來才可能。首先，岳不群應當有著逢蝕的太陽，也許落在天秤座。日若逢蝕，晦暗陰惡，有時為人帶來陰暗的性格，心機深沈而乏陽性特質。日座天秤，本不乏優質性格，如處世和諧、有藝術天賦、多智慧而善言詞，但若逢蝕再加上其他不利因素，不無可能以和諧為手段、化藝術為美麗凶器，而智慧言語也用到負面的方向去。再加上巨蟹座中與日月相刑的冥王星，不但上述特質加深，還造成刑妻剋女、傷徒的近親慘劇。

岳不群的奸詐陰險不絕於書。為了圖謀福威鏢局家傳的武學至寶「辟邪劍譜」，他欺瞞門下派去福州開酒店打探，復假意收納鏢局少主林平之為徒，從首徒令狐沖手中偷走劍譜、嫁禍給他後，終於練就擊敗嵩山派掌門左冷禪、從而一舉封禪的功夫。

岳不群與左冷禪在封禪台過招時，在掌中暗藏毒針，刺得左冷禪掌心冒黑血，然而在倡議五嶽劍派併派時，卻說出引文中的堂皇話語，大吹「君子和而不同」的法螺，高舉天秤座「和氣」理想，與巨蟹座的「天下一家」烏托邦，實則暗中反其道而行。

又如恆山派三位師太在少林寺遭岳不群暗算，但在嵩山封禪台會上，岳不群竟對恆山女眾誇口道：「這事著落在我身上，三年之內，岳某人若不能為三位師太報仇，武林同道便可說我是無恥之徒、卑鄙小人。」虛偽奸詐如是。假如被蝕受剋的天秤太陽促成了岳不群的奸詐陰狠，那麼巨蟹的冥王星便造就了他的家庭悲劇。

巨蟹是極重親情的星座，縱使是冥王星這種凶星，仍然多少帶來一些影響，在《笑傲江湖》中，岳不群僅有的真感情，大概便是用在他妻女身上了。但冥王星太弱，又受日月刑剋，所以我們還是見得到岳不群利用妻女的片段，只是較諸旁人程度較輕而已。

相形之下，他的「愛徒」令狐沖就沒那麼幸運了。這位忠肝義膽的華山首徒老早便因在五霸岡山搶了師父風頭，令岳不群埋下殺機，此後數度被師父嫁禍或攻擊，幸好終於在師娘面前讓她見到岳不群卑鄙的真面目，挽回清白，但師娘也以所適非人而自裁。

這種近親之間的暴烈情緒展現是以上星象綜合的結果。

老謀深算的岳不群，出言總是謙遜多禮，如日月神教教主任我行在少林寺故意對岳不群說：「華山派寧女俠我是知道的，岳甚麼先生，可沒聽見過。」但岳不群只是淡然道：「晚生賤名，原不足以辱任先生清聽。」（〈第廿七回．三戰〉）這種溫文爾雅的表現，本是天秤座的優良特質，但漂亮言辭下埋設的地雷，卻是他天蠍座的水星帶來的。

水星行駐天蠍，帶來深沈的思考傾向，聽水星天蠍講話，有時感受

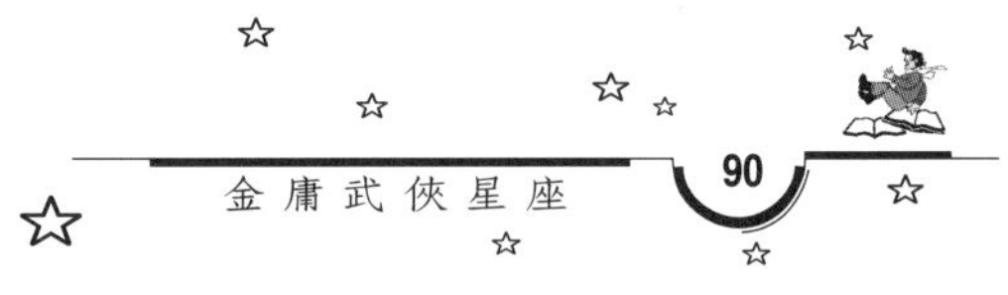

得到蠍尾針的穿刺力，例如岳不群諷刺任我行找不到令狐沖說：「任先生神通廣大，怎地連自己的好女婿也弄得不見了？……」有時又實際得不得了，例如桃谷六仙去華山派生事，岳不群眼見不敵，便向岳夫人道：「你可別喪氣，大丈夫能屈能伸……君子報仇，十年未晚。」遂暫時避走，復為怕江湖上得知此事，華山派顏面掃地，竟藉口上嵩山找左冷禪評理，如此面面俱到，充分展現了天蠍加上天秤的智慧。

至於武功方面，岳不群屬華山派氣宗接班人，另練成發功時顏面轉紫的紫霞神功。這些功夫反映的是火星在水瓶座的特性；水瓶為風象星座，於運氣成風類的武功易有獨到修煉，而「紫」色為水瓶座幸運色，「霞」屬自然界的天光現象，天象本為水瓶的守護星天王星所主。

「君子劍」後來也練成了必須自宮的「辟邪劍法」，這種武功與水瓶座也有一些關係，原本水瓶屬於中性星座，其守護星天王星的舊神曾遭閹割，因此傳下中性的影響。

阿珂

阿珂死倒不怕，但想到割去了鼻子，那可是難看之極，只驚得臉上全無血色。

——《鹿鼎記．第二十八回．未免情多絲宛轉　為誰辛苦竅玲瓏》

阿珂……指著李自成怒道：「你不是我爹爹！那女人也不是我媽媽。」指著九難道：「你……你不是我師父。……你們都是壞人……。」

——《鹿鼎記．第三十二回．歌喉欲斷從絃續　舞袖能長聽客誇》

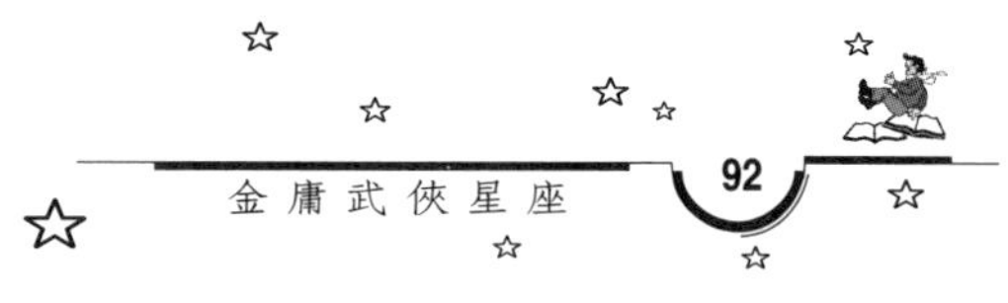

《鹿鼎記》中的第二美女阿珂一出場即令韋小寶脣燥舌乾，目瞪口呆，後來終於利用機會霸王硬上弓，讓這位絕代紅顏陳圓圓的掌珠為他生小孩，幸好小寶對她是一片癡心，否則真還難免令人大興癩蝦蟆吃到天鵝肉之嘆哩！

阿珂極美，韋小寶說麗春院中一百個小姑娘站在一起，也沒她一根眉毛好看，單講她的手：「五根手指細長嬌嫩，真如用白玉雕成，手背上手指盡處五個小小的圓渦。」（第二十二回）即令人愛不忍釋。此般美貌，雖然十二星座都可能孕育出來，但一般而言，天秤座出得最多。

天秤由愛與美之神維納斯守護，維納斯化星即為金星，所以阿珂擁有天秤座的金星，得以艷冠群芳。金星在天秤座入廟，坐此放射美之磁光，首先展現「一白遮三醜」的魅力，所以《鹿鼎記》說她「臉色白得猶如透明一般」。天秤也以各種「渦」出名，或則酒渦迷人，或則手渦搶眼，總之是以圓渦將你捲入她的魅力漩渦之中。

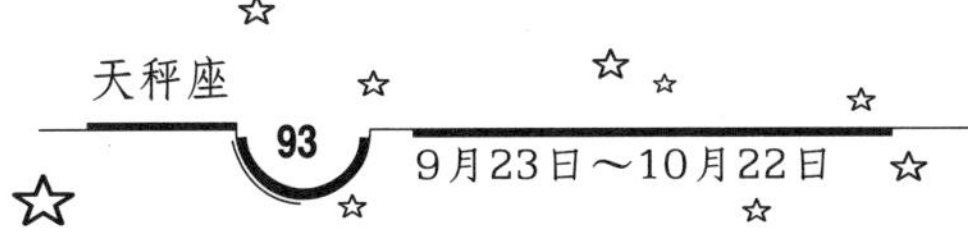

阿珂是第二美人，第一美人是她媽媽陳圓圓，暗示她的月亮也在天秤，月本象母。這顆美女月亮與阿珂金星相合，名為「金月相依」，正是出經典美女的星象（單只金星天秤不過尋常美人而已）。

自古紅顏多薄命，阿珂也不能例外，她雖有幸得生平西王府，擁有天下最美的母親，但一來是母親與「第一反賊」闖王李自成私通所生的私生女，二來進的又是「第一漢奸」吳三桂的王府，兩歲時竟又被明末長平公主偷走，不獲寵愛而養大後復銜師命刺殺父親，可說歷盡家庭悲劇。這種命運牽纏於家國命運之內的悲劇，是阿珂巨蟹座的冥王星與摩羯座的月交點帶來的。

冥王巨蟹有時帶來遺傳性的艱困命運，圖主被包藏於家庭宿命網中，不得出離，如同阿珂夾纏於陳圓圓、李自成與吳三桂的三角關係中。這顆冥王星與她天秤中的月亮、金星形成惡劣關係，促使她身不由己地如同遺傳母親似地捲入困難的感情關係中，連自己後來都不解初時為何受鄭克塽外貌所迷，竟致愛上一個薄情寡義的繡花枕頭。而等她與韋小寶重拾愛情路，實際上也是先被強姦才有正式關係的。由這些凶惡的愛情現象，見得出冥王剋金星的威力。

至於摩羯座的月交點，因與巨蟹的冥王衝，又與天秤的金月相刑，造成阿珂困於國家鬥爭的宿命，在代表明朝的長平公主、代表清朝的吳三桂與代表大順國的李自成間充當棋子的角色。這是因為月交點與冥王星的衝相象徵了大型族群間的衝突，而同時捲入的金星與月亮，竟變成了改朝換代的運命中無可奈何的紅顏。

然而這位敵不過家國命運的小女子阿珂個性卻很剛烈，她受到韋小寶調戲毫不猶豫便自刎，不怕死，只怕鼻子被割了變醜，一方面說明金月天秤「寧死不醜」的個性，更反映出她木星落在白羊的帥勁。白羊座的木星令人勇武乾脆，像阿珂那樣敢於闖少林、追求她的愛，乃至扮了男裝去妓院殺仇人。

天蠍座

楊過　歐陽鋒
西毒
阿紫
李莫愁
殷離

天蠍人具洞察力、有眼光、感情執著、熱情深刻、精明幹練、直覺性强、細心體貼、柔情似水，多疑善妒、報復心强、心機深重、不安全感、占有慾强、悲觀憂鬱；執著、有決心、獨立性、意志力堅强、耐力持久、全力以赴、情深義重，堅持己見、頑固偏執、支配慾强、寧為玉碎。

楊過

柯鎮惡自來嫉惡如仇……當下將楊康和郭靖的事蹟原原本本地說了，又說到楊康和歐陽鋒如何害死江南七怪中的五怪，如何在這鐵槍廟中掌擊黃蓉，終於自取其死……楊過回思自識得郭靖夫婦以來諸般情事，暗想黃蓉所以對自己始終顧忌提防，過去許多誤會彆扭，皆是由斯種因。若無父親，己身從何而來？但自己無數煩惱，也實由父親而起。

——《神鵰俠侶・第三十七回》

楊過轉念又想：「我雖悟到了劍術的至理，但枯守荒山，又有何用？倘若情花之毒突然發作，明天便即死了，這至精至妙的劍術豈非又歸湮沒？」……「我也當學一學獨孤前輩，要以此劍術打得天下群雄束手，這才甘心就死。」

——《神鵰俠侶‧第二十六回》

神鵰大俠楊過，是金庸筆下最傳奇的人物之一。他兼具了許多最特殊的條件，如：他機智過人、執拗又疏狂、魅力十足、武功高強等，這些人格特質結合起來，形成一股不平凡的氣質，但也為他帶來崎嶇多舛的一生。

從小性子就頗為執拗的楊過，太陽有可能落於天蠍。在天蠍星座底下出生的小孩，有的彷彿天生就註定要承受苦難，同時又在苦難的冶鍊中自我超越、自我成就。這一方面是源於宿命的壓力影響，另一方面也是其本身具有堅定意志的緣故。楊過自小父母雙亡，被郭靖夫婦帶到桃花島上又相處得不甚和睦，這一點或許是受了土星坐落於巨蟹的影響，以致早年家庭生活十分困頓，但他與黃蓉之間的嫌隙猜疑，卻是其父楊康所引起，楊過心中認定父親是大英雄，不料事實上是漢奸，楊康因黃蓉而死，黃蓉便總是認為楊過必挾怨報復，是以生出許多事端。這種宿命式糾纏，恰好是天蠍座的特質之一。

由天蠍所帶來的宿世恩怨，正對應象徵父親的太陽，意義上也十分相合。

當然，一個人的命途多舛，絕非盡是外在環境的影響，自己本身的性格亦是重要因素，像楊過自己就曾經說過：「不錯，大苦大甜，遠勝於不苦不甜。我只能發癡發顛，可不能過太太平平、安安靜靜的日子。」（《神鵰俠侶‧第二十九回》）這種喜愛熱鬧、貪刺激的性情，與火象星座的性格頗為近似，而且楊過是個易受感動，也相當情緒化的人，因此其

月亮可能位於白羊座。白羊座與童心息息相關，這使得楊過即使成人以後，仍然保有促狹好捉弄人的性格，在大勝關英雄大會上戲鬥霍都、達爾巴便是一例，但這個星座同時也使得他性情激烈，在愛憎之間甚是執拗。

楊過道：「……要是愛我的人打我，我一點也不惱，只怕還高興呢。她打我，是為我好。有的人心裡恨我，只要他罵我一句，瞪我一眼，待我長大了，要一個個去找他算帳。」

——《神鵰俠侶・第五回》

就是這種性子，令他拜武林中人人懼怕的西毒歐陽鋒為義父，叛出全真教後與之仇怨難解，對所有阻擋他與小龍女在一起的人，更加要視之為敵。

與小龍女之間一往無悔的愛情，是楊過一生最重要的經歷之一。這段戀情自始便枝節橫生，小龍女先是被人玷污，誤會楊過而出走，再重逢二人又被指亂搞不倫的師生戀，結果小龍女受黃蓉勸告而離開，而後絕情谷主的逼婚、程英、陸無雙眾女對楊過的傾心，都一再使兩人的結合倍受阻撓，終於硬生生分隔了十六年，才得諧鴛盟。從楊過對異性的吸引力，不難推斷出其金星的落點甚佳，應就是落於天秤，這個金星入廟的位置令他有不錯的異性緣，身邊總是有不同的女性陪伴，女性也特別容易注意到他，這是由於天秤座所散發出來的知性、關懷及美感所致。但他在眾多女性之中獨獨鍾情於小龍女，這就不能說單單受到天秤金星的影響而必須加入天王星的因素。楊過是金天合於天秤，這是象徵愛情（金）革命（天王）的星象，小龍女則是太陽落於水瓶，二人一旦合盤，雙方恰好成「拱」，是典型夫妻盤，且天王星主叛逆、新奇、變革等，也正能反映出楊龍間不容於傳統禮教的戀情，再加上天王星所具有的反覆性質，這段感情不能避免的分分合合，便昭然若揭，儘管如此，天王星特有的專執仍然讓楊過一心繫念著小龍女，配合上天蠍的不肯認輸，才在顛沛流離中成就這段傳奇式的愛情。

對楊過的人際關係而言，天秤無疑是一個很重要的星座，除了金、天合於此，他水星也是一顆落在天秤的主星，水星主掌一個人的思維、應變、語言等，屬於風象的天秤座正好提供了敏捷的反應機智、記憶力，從楊過數度與李莫愁、金輪法王相鬥，雖然力有不足卻總能運用急智脫困的情況來看，他無疑是相當聰慧的。而且他能於古墓派武功之外，兼練得北丐、西毒、東邪、中神通等數家武術之長，是資質不足的人窮一生之力也做不到的，可見其心智之機敏。

但楊過的武功並不只是兼收數家這般簡單，由於他本身的毅力，逼使他必須不斷突破、超越自己的極限，這就得談到他落在天蠍的火星。天蠍座也是一個引動楊過一生運程的強力星座，不只使他性格堅毅，更應在他的事業（武術研究）之上，天蠍座不斷超越困境要突破現狀、置

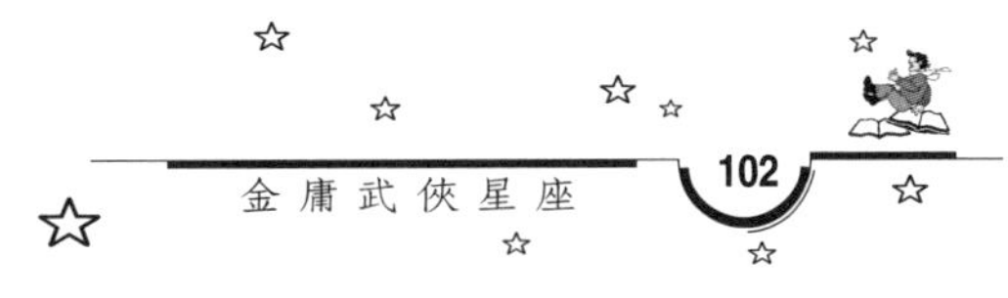

之死地而後生的精神，在楊過的習武生涯中隨處可見，叛逃全真教而投入古墓派，受金輪法王所逼而領悟玉女素心劍，最特別的是被斬斷一臂之後，卻得以窺見劍魔獨孤求敗的劍塚，開始他「重劍無鋒」到「無劍勝有劍」的修鍊，最後，還要與小龍女分隔十六年，在苦熬相思的境況裡，才自成一派創出「黯然銷魂掌」。這麼奇特的習武過程，就是天蠍求取顛峰的精神呈現，而「黯然銷魂掌」的深沈情感，也正與天蠍的意涵相契合。

附帶一提，楊過也許是冥王坐命（冥王星在命宮），一生命運才大受天蠍宿命的牽動，這個位置不只帶來執拗的性情，同時也主其人可能身有殘疾，果不其然，楊過一時的憤激，結果卻帶來斷臂的命運。

西毒　歐陽鋒

歐陽鋒道：「你師父是誰？我是誰？誰是歐陽鋒？」

——《神鵰俠侶・第七回・重陽遺篇》

洪七公……抱拳說道：「歐陽兄，老叫化服了你啦，你是武功天下第一！」

——《射鵰英雄傳・第四十回・華山論劍》

終於在第二次華山論劍擊敗東邪、北丐等頂尖高手榮登武林盟主寶座的西毒歐陽鋒，雖然成就了他的武學事業，但一生孤寡，婚姻不正常，復痛失愛子、愛徒，最後功成名就的代價卻是發瘋，令人慨歎世間事有一好，沒兩好！

歐陽鋒既號「西毒」，毒功自有獨到之處，這種才能從星象的角度分析，表示他擁有非常強勢的海王星與天蠍座，我們推斷，歐陽鋒海王星落在雙魚座，而月亮、火星、金星落在天蠍座。

歐陽鋒與赤練仙子李莫愁均以毒功獨步武林，李莫愁太陽、火星在天蠍，西毒毒功卻更勝一籌，因此天蠍中星曜更多，更加上雙魚中入廟的「化學之星」海王星加強，終於造就「西毒」盛名。

西毒擅於驅蛇，常藉毒蛇辦事，非但研發出「靈蛇拳」，手中蛇杖更是厲害無比，不但可施展棒法、棍法、杖法，杖頭人口可噴暗器，更奇的是杖上還盤了兩條至毒之蛇雜交所生的銀鱗怪毒蛇。

這兩條怪蛇毒汁如漆似墨，半杯便毒斃海中上千隻鯊魚，利用的是流毒無窮的傳染原理，先毒一鯊，使之血液成毒血，餘鯊爭食，結果一

傳十、十傳百、百傳千。毒性強烈，是天蠍三星帶來的能量：月亮帶來的劇毒、火星噴放辣毒、金星分泌陰毒，但若非海王星帶來綜合毒與傳染性，銀鱗蛇也毒不死這許多鯊魚。

醫毒本是一體的兩面，而這體便是化學知識，恰為海王星所主，所以西毒醫術也很高明，帶領侄兒歐陽克到桃花島向東邪提親時，送給意中媳婦黃蓉的見面禮是佩在身上百毒不侵的「通犀地龍丸」。這些醫毒本事俱得拱照天蠍的雙魚海王之助。

「西毒」名號「毒」字既解，「西」字一樣意義深遠。星象中，西屬金，主西方，色白，主音聲。「歐陽鋒」名字鋒利，庚金十足，庚金鋼鐵，無堅不摧，猶如歐陽鋒武功蓋世。他的主要武器蛇杖固是鋼鐵所製，指下所彈西域鐵箏一樣金音剛利，斷人心弦。是故若以為西毒不過一介拳頭武夫便錯了，擁有「西方」才藝的他，對音聲是必有不少研究的。

可惜老毒物的金星是落在天蠍座。雖然天蠍也屬秋金星座，金星在此得三方之氣，孕育出西毒的厲害鐵箏，但天蠍卻也是金星落陷之地，兼且受到廟旺的天蠍火星剋制，使得老毒物的聲樂功夫就是不及他的手上本事精采。

來自西域白駝山的西毒高鼻深目，一派西方人長相，與侄兒都喜穿白衣，手下蛇女也是膚色白皙，或金髮碧眼，展現一片西方的五行色調，這些都是西毒命度上的金星帶來的特徵。

白駝山「白」字得解，「駝」字一樣重要。原來，自星座動物學觀之，駱駝是摩羯座的動物，蛇則主要是天蠍座的動物，歐陽鋒用蛇固然到家，用駝則有未盡之處。

駱駝堅忍，能長時駝載人貨，橫越沙漠，這是摩羯的優良品質，歐陽鋒多次遇險終能反敗為勝，被黃蓉巧智三難畢竟沒送掉老命，正是他摩羯的太陽帶來的祝福。

駱駝駝峰雖有實際的用處，但自因果的觀點而言卻是傲慢造成的結果，這個德性上的缺失正是衰弱的摩羯太陽的影響。為了講究大宗師的身分，西毒禁不住完顏洪烈的激將法，大施蛤蟆功，終於使他原不欲傷害的郭靖重傷；他那武林宗師的架子也多次引起盟友的不快。

不過，縱使駝慢心讓西毒吃了不少虧，摩羯星座帶來的成就動機畢竟還是不斷驅策他邁向武林至尊的寶座，使得他終究登上華山頂峰。

蛇與駱駝之外，西毒的蛤蟆功也厲害無比，楊過不過摸了點邊，便把武氏兄弟修理得七葷八素。這蛤蟆在星座動物的分類中也是摩羯大將，偶而也見得到歸入天蠍之中。

蛤蟆入摩羯，要因在反映摩羯的兩棲特性：摩羯原是隻海中山羊，羊身魚尾，遊於陸海之間，蛤蟆亦如是。由於陰濕的海羊特性，摩羯以暗計繁多聞名，若再加入天蠍的毒素，蛤蟆功便赫赫嚇人了。歐陽鋒毒計綿綿，摩羯蛤蟆實居功厥偉，他也許還有一些小行星在摩羯。

雖然成為武林第一高手，但歐陽鋒卻被黃蓉妙計整成瘋人，這種不幸，主要是西毒獅子座的天王星造成的。這顆天王星在獅子落陷，令人狂野而自行其是，更因與天蠍中月亮相刑，暗示西毒有神經綳斷的劫難，終致逆練九陰真經，倒行逆施忘了自己是誰：月亮司記憶，受天王刑剋，記憶力易忽然減退。

這顆天王星也帶來無嗣的效應，衰弱的獅子天王有時遭逢多重喪子、骨肉分離之痛，猶如歐陽鋒先後失去兒子歐陽克、徒兒楊康（他殺死歐陽克），最後還與楊過結下義父子之緣。

阿紫

瑟瑟幾響，花樹分開，鑽了一個少女出來，全身紫衫，只十五六歲年紀，比阿朱尚小著兩歲，一雙大眼烏溜溜地，滿臉精乖之氣。

——《天龍八部・第二十二回》

蕭峰在白雲映照下，見到她秀麗臉上滿是天真可愛的微笑，便如新得了個有趣的玩偶或是好吃的糖果一般，若非適才親眼目睹，有誰能信她是剛殺了大師兄，新得天下第一邪派傳人之位。

——《天龍八部・第二十五回》

看似天真，實則毒辣的阿紫是一隻膽大妄為的天蠍，她的天蠍道行跟其它陰狠的天蠍比較起來，只在初級班的程度，不過，這可能跟她自幼即投身於邪教星宿派有關，星宿派以抹滅良心為宗旨，所以她絲毫不必隱藏性格上邪惡的一部分。

身為段正淳與阮星竹的私生女，小阿紫牙尖嘴利，不知天高地厚，她語出譏諷的時候，便是連自己的爹爹也不肯放過，段正淳與四大惡人中的首惡「惡貫滿盈」段延慶拚鬥，她在一旁叫道：「媽！你瞧爹爹又使手指又使劍，也不過跟人家的一根細棒兒打個平手。倘若對方另外那根棒兒又攻了過來，難道爹爹有三隻手來對付嗎?要不然，便爬在地上起飛腳也好，雖然模樣兒難看，總勝於給人家一棒戳死了。」她的母親阮星竹一旁早瞧得憂心忡忡，偏生阿紫又盡說些不中聽的話，生女若此，夫復何言！

阿紫的日座天蠍，使得她鄙夷弱勢，傾慕強權，因此她對荏弱的游坦之殘忍無情，對武功高強的喬峰卻是柔情萬千。喬峰因著阿朱臨終的交託，對阿紫照拂有加，但他見阿紫行事毒辣，幾度欲拂袖而去，阿紫可憐兮兮地說道：「你心境不好，有我陪著解悶，心境豈不是慢慢可以好了？你喝酒的時候，我給你斟酒，你替下來的衣衫，我給你縫補漿洗。我行事不對，你肯管我，當真再好也沒有了。我從小爹娘就不要我，沒人管教，甚麼事也不懂……。」由此觀之，蠍座女人儘管強悍，但仍需要一個比她更強的男人做靠山，她會用自己的才能輔助他，而不會想要凌駕在他之上，而且天蠍座的愛情濃度極為強烈，只要發現到一個足以與她匹配的人，她絕對會對之忠實到底，並且會付出大量的熱情以取悅對方。

反觀游坦之一介招式下三濫之荏弱少年，卻妄想一親阿紫的芳澤，阿紫第一次見他便道：「小子，你去練一百年功夫，再來找我姊夫報仇！」之後阿紫便捉來游坦之「放人鳶」，放人鳶之不足又給他戴上了鐵面罩，戴鐵面罩之不足又叫他伸手到神木王鼎中給毒蜈蚣吸血，這一切駭人聽聞的折磨，對阿紫來說僅是「好玩」兩個字而已，天蠍座對弱者之無情與殘忍，常使人不寒而慄。

阿紫的毒辣還有頑皮的成分在其中，由此可見她的上昇應落在雙子，以致她機敏百變，腦中一下子就能閃出千萬個歹毒的念頭。

阿紫將馬夫人手筋腳筋挑斷，又割得她渾身傷口，並在傷口上倒了蜜糖水，引得螞蟻前來嚙咬，叫馬夫人受盡苦楚，求生不得、求死不能。當馬夫人要求蕭峰將她抱在懷中細瞧時，阿紫拿了面明鏡照向馬夫人，讓馬夫人自己瞧瞧那張滿是血污塵土，又盡集凶狠、惶急、惡毒、怨恨、痛楚、惱怒的醜惡臉孔，馬夫人羞憤之下，竟然氣絕身亡。天蠍日座的凶殘再加上雙子上昇的狡猾輕佻，使得阿紫作弄人時的異想天開與窮凶惡極，成了金庸小說中的典範！

上昇雙子的言語靈巧，善於逢迎，在小阿紫身上也一一得見，她知

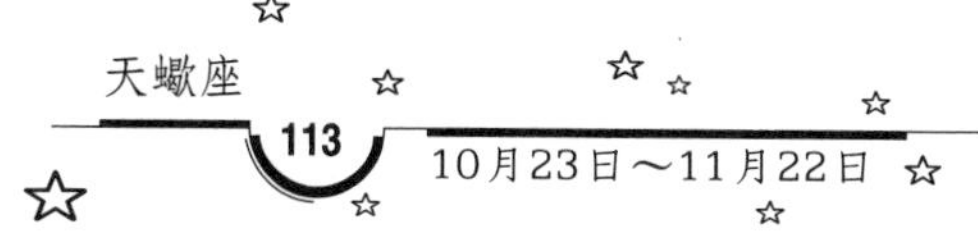

道蕭峰愛給她碰釘子，便故意說要唱支曲子、說個笑話，出個謎題給蕭峰，蕭峰全說「不好」，阿紫便道：「那我不吹笛兒給你聽，好不好？」蕭峰仍說：「不好！」阿紫歎了口氣道：「你這也不好，那也不好，真難侍候，可偏偏要我吹笛，也只有依你。」她狡獪地用計騙了蕭峰之後，又用「是你傷的，不是我傷的」等反覆對口激怒師兄，引來星宿派眾高手來向她討回練「化功大法」的神木王鼎。

星宿派大師兄摘星子單挑小師妹阿紫，阿紫在蕭峰暗助之下殺了大師兄，取得星宿派大師姊的地位。蕭峰見阿紫手段狠毒，欲獨自離去，阿紫卻放毒針暗算蕭峰，原來阿紫存的念頭是傷了他讓他動彈不得，以後再照顧他一輩子，念頭實在古怪。不過，阿紫的詭計個個都不在常理所能揣度的範圍之內，難怪蕭峰會說：「你的心思神出鬼沒，我怎猜得到？」上昇雙子的千變萬化與活躍的想像力，也使得阿紫行事令人完全不可預測。

至於雙子座拿手的諂媚逢迎，則在阿紫遇到師父星宿老怪丁春秋之後，展露無遺。雙子的喜新厭舊，導致阿紫在遼國日久生厭，獨自闖蕩中原，哪知卻遇上了師父。她深知往昔師父對她的偏愛，在於她拍馬屁時能別出新裁，因此師父既要向她討回神木王鼎，她便舌燦蓮花地連稱星宿派武功為天下門派所不及，她竊得師父練功的神木王鼎，實則是想計誘師父來到中原露兩手，讓江湖上管窺蠡測之徒開開眼界。

這幾句話哄得丁春秋呵呵笑道：「如此說來，你取這王鼎，倒是一番孝心了。」阿紫道：「誰說不是呢？不過弟子除了孝心之外，當然還有私心在內。」丁春秋皺眉道：「那是什麼私心？」阿紫微笑接口道：「師父休怪。想我既是星宿派弟子，自是盼本門威震天下，弟子行走江湖之上，博得人人敬重，豈不是光彩威風？這是弟子的小小私心。」這幾句諂媚之詞，可以說是盡得雙子心思靈動之精髓。

不過，阿紫行事處處占人上風，好勇鬥狠，發動力特強的特徵，則

可顯見她的火星落在白羊，身兼白羊、雙子，天蠍三位一體的阿紫，直可令人大歎是位千載難逢的蛇蠍美人！

李莫愁

「問世間，情是何物，直教人生死相許？……」

——《神鵰俠侶・第三十二回・情是何物》

李莫愁說道：「我曾立過重誓，誰在我面前提起這賤人的名字，不是他死就是我亡。我曾在『沅』江之上連毀六十三家貨棧船行，只因他們招牌上帶了這個臭字……。」

——《神鵰俠侶・第二回・故人之子》

以拂塵、五毒神掌、冰魄銀針橫行江湖與黃蓉齊名的女魔頭赤練仙子李莫愁，集毒、黷、獨於一身，雖然人見人畏，終於難免墮入絕情谷情花叢中含恨而終，原來情花比拂塵、五毒神掌、冰魄銀針還厲害十分哩！

從武器占星術的觀點，拂塵是處女座的壓箱寶，五毒神掌和冰魄銀針則均為天蠍所使用。由此推估，赤練仙子金星在處女座，而太陽、火星則居天蠍，日火不妨相合，金火則形成相隔四十五度的八分相。

處女的金星屬於落陷星，有時令星盤主人感情大受壓抑；與日火成八分相，更主情愛遭挫，不得滿足，李莫愁癡戀陸展元，陸展元卻專情何沅君，道出這種星象的困難。

然而，處女金星卻與李莫愁的毒辣無關，倒與她的潔癖相關。李莫愁雖見拒於陸展元，終其一生卻保住守宮砂，對世間成年男子並抱持偏激的薄倖觀念。這位道姑一生孤寡，獨來獨往，離開林朝英的古墓後，只有弟子洪凌波隨侍，孤僻與守貞意識盡是處女金星的味道，恰似一把

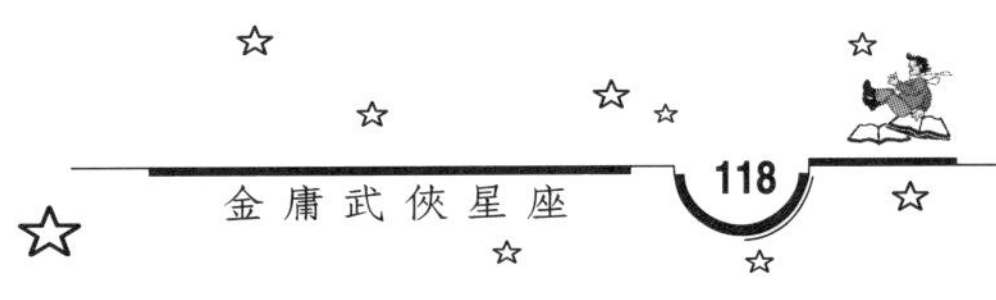

掃不完骯髒男子的拂塵。

失戀的女人有些上吊、有些另起爐灶、有些去深造、有些去打麻將，不一定像赤練仙子那樣變成赤練蛇噬人，只因「沅」江上的船行招牌帶了情敵何「沅」君的臭字，便打翻一船人。

這種強烈的復仇情緒，比較容易在天蠍星座裡發現，而由於李女一生殺人不計其數，最後為了跳脫情花叢，連唯一親近的弟子洪凌波也當作墊腳石扔進了花中，因此天蠍座中不只一星，除太陽天蠍帶來基本的復仇意識與意志外，火星天蠍進一步賦予她復仇的行動力。

火星在天蠍屬於入廟星，極可發揮動力，試想徒有復仇心，手上卻不會使招，也是枉然。李莫愁精習武藝，縱不致愛武成癡，但為了玉女心經、五毒秘傳等武學至寶，也可以怨師、弒師妹小龍女及弟子陸無雙等僅有的親人。這說明她對武藝本身有著深厚的喜愛，而這是火星天蠍的特質。

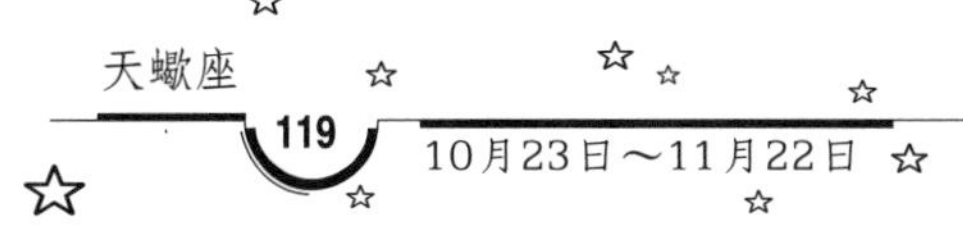

赤練仙子人如其名，武術以毒見長，她與金輪法王和楊過爭奪嬰兒郭襄時，三人中法王武功雖最強，卻被最詭詐的楊過用她的冰魄銀針扎得左腿腫脹黝黑。冰魄銀計毒性強烈，大蜈蚣只碰了一下便肚腹翻轉，死在地下。五毒神掌一出，血手印立時毒入心扉，連小龍女這樣的高手也要捧心摔倒。

赤練仙子不以針掌二毒為足，她自創的「三無三不手」也是她的得意毒招：「無孔不入」一招便可同時點楊過全身大穴，若非楊過得西毒歐陽鋒所授經脈逆行功夫，斷難無事；「無所不至」進一步點楊過周身偏門穴道，而「無所不為」則更加陰狠毒辣，專打人身眼睛、下陰等柔軟之處。

李莫愁當年以一塊紅花綠葉錦帕贈給陸展元作為定情之物，自比為紅花，這片定情錦帕力量強大，程英和陸無雙幼時靠它勾起李莫愁昔日情懷而逃過一劫，長大後臨到要被李莫愁追殺時，二女又把錦帕齊贈楊過，期盼意中人免遭李莫愁毒手。這種戀物癖一方面源於處女座的金星與天蠍座的火星相剋，一樣重要的心理根源卻來自摩羯座的月亮。

金星處女本不以「戀」聞名，它只造就少數的執著，象徵清潔的手帕和拂塵一樣是比較可能的戀物。但衰弱的摩羯座月亮卻可能令人過於壓抑感情，使心理能量不正常地轉移到精美的紀念物之上，假使再加上金星火星不諧，天蠍又催動強烈的執著，戀物癖便可能產生了。

月亮摩羯也催動赤練仙子的權力慾，她企圖奪下古墓派掌門位，對師妹小龍女多次下毒手，在武林也闖出與黃蓉二分天下的女帥地位，連清淨散人孫不二都難以抗衡。不過總體而言，這顆月亮卻不很強，我們不覺得這位女魔頭有多愛當武林盟主，至少不及她對武學本身的喜愛，這是她天蠍重於摩羯的個性造成的。

儘管有著以上的星象催動，但李莫愁的執著似乎仍難僅以如此解釋，我們必須拈出她獅子座的冥王星，方可釋懷。

冥王獅子一則帶給人定於一尊的欲望；二則加強人的執著心；三則有時使人愛子卻無子。第一層能量加強李莫愁的魔頭地位與師父派頭；第二層能量令她迷執情愛、武學、殺戮並鞏固戀物癖；第三層能量使她一世無子卻疼上敵人黃蓉的女嬰郭襄，當了養母一段時日。

出奇的是，李莫愁雖因失戀而心狠手辣，但言語舉止卻很重禮法。這是金星處女以及水星天秤造成的，她天秤座的水星不但使她重視語言禮儀，與人鬥嘴時也流暢得很，有時還以為她在做對子哩！

殷離

張無忌凝目看時，見是個十七、八歲的少女，荊釵布裙，是個鄉村貧女，面容黝黑，臉上肌膚浮腫，凹凹凸凸，生得極是醜陋，只是一對眸子頗有神采，身材也是苗條纖秀。

——《倚天屠龍記‧第十六回‧剝極而復參九陽》

蛛兒冷笑道：「我若非為了害人，練這千蛛萬毒手又幹什麼？自己受這無窮無盡的痛苦熬煎，難道貪好玩麼？」說著盤膝坐下，行了一會兒內功，從懷裡取出黃金小盒，打開盒蓋，將雙手兩根食指伸入盒中。

盒中的一對花蛛慢慢爬進，分別咬住了她兩根指頭。她深深吸一口氣，雙臂輕微顫抖，潛運內功和蛛毒相抗。花蛛吸取她手指上的血液為食，但蛛兒手指上血脈運轉，也帶了花蛛體內毒液，回入自己血中。

——《倚天屠龍記・第十七回・青翼出沒一笑颺》

蛛兒殷離在今日的標準看來，是個不折不扣的「惡女」，她的外貌醜陋，脾氣古怪，整天只想著怎麼樣去害人，而且還覺得害人是天經地義的事情。她恨父親殷野王娶二姨，於是殺了二娘，累死了自己的母親，氣得她爹爹一看到她就要殺她，難怪布袋和尚聽到張無忌聽說蛛兒的身世後會嘖嘖讚道：「了不起！了不起！當真是美質良材。」他的意思是蛛兒小小年紀就會殺死庶母，害死母親，再加上靈蛇島金花婆婆的一番調教，當真是值得邪教栽培的美質良材。

但這蛛兒也非壞到極點，她許多直覺反應都是善的，而她人性中的種種矛盾之處，無非是因為她的日座在天蠍，月座在雙魚，上昇在白羊之故。

天蠍座原本就不是出美女的星座，但是天蠍之女的身材往往是玲瓏有致，神韻也是嫵媚狡獪，張無忌初次見到蛛兒，雖覺得她臉上生得醜陋，但是身材卻是苗條纖秀，眸子也頗有神采，幾經交談後，只覺得她說話時眼神狡獪，風韻嫵媚，語音嬌柔，舉止輕盈，無一不是個絕色美女的風範，張無忌不禁想起母親臨終時說過的話：「越是美麗的女子，越會騙人，你越要提防小心。」這蛛兒相貌雖不美，但卻待他極好，於是生出與她終生廝守之心。

不過天蠍座的凶殘和善妒，蛛兒一樣卻也沒少，她聽到張無忌被朱九真放出的惡犬咬得遍體鱗傷，便連夜趕去把朱九真給殺了，這跟她看到二娘欺負親娘便一刀宰了二娘的反應如出一轍，雖然此舉有點俠義的味道在裡面，但是她動不動就殺人的怪脾氣，可完全是得自天蠍座的真傳。

再如她練那「千蛛萬毒手」，因此得到「蛛兒」的小名，張無忌還道是：「珠兒！珍珠寶貝兒！」蛛兒卻說：「呸！不是珍珠的珠，是毒蜘蛛的蛛。」她隨身帶著一對花蛛，讓花蛛吸食她手指上的血液盡食，而她手指上血脈運轉也帶了花蛛體內的毒液回入自己血中，練成「千蛛萬毒手」之後，只要隨手一戳，敵人立刻斃命，只不過體內毒質積得多了，容貌便會起始變形，待得千蛛練成，更會其醜無比。

世間女人為求練功而自毀容貌者，可能也只有功能取向的天蠍座願意為之，蛛兒的說法是，容貌好看有什麼用，受到欺凌沒還手的本事，到頭來還是送了自己的性命。張無忌怕蛛兒為自身的醜陋難過，便強調起容貌不重要，心地良善才重要的大道理，沒想到反倒挨了蛛兒一番搶白，她說：「我不害人便不痛快，要害得旁人慘不可言，自己心裏才會平安喜樂，才會處之泰然。」天蠍座強烈的毀滅力量，讓蛛兒不惜自毀容貌以求毀人，這種性格若是表現在情愛方面，一樣也是毀滅性色彩強烈的愛情。

蛛兒說：「哼！那個負心人不理我，等我練成千蛛萬毒手之後，找到了他，他若無別的女人，那便罷了……」張無忌道：「你並未和他成婚，也無白頭之約，不過是……不過是……」蛛兒道：「爽爽快快的說好啦！怕什麼？你要說我不過是自己單相思，是不是？單相思怎樣？我既愛上了他，便不許他心中另有別的女子。他負心薄倖，教他嚐嚐我這『千蛛萬毒手』的滋味。」

蛛兒的脾氣古怪，好起來特好，凶野起來卻全然的蠻不講理，則又該從她的雙魚和白羊說起。

她初見斷腿的張無忌躺在雪中，便從籃子裡取出兩個麥餅給張無忌吃，張無忌吃得慌張，竟哽在喉頭，咳嗽起來，蛛兒高興起來便說：

「謝天謝地！嗆死了你，你這個醜八怪不是好人，難怪老天爺要罰你啊！怎麼誰也摔斷狗腿，偏生是你摔斷呢？」擔心陌生人是餓是飽，此乃雙魚座的慈悲，但是突然間變臉，那可就是白羊座的蠻橫了。

蛛兒的雙魚月座，使得她三天之後，又帶了新鮮的餅子、燒鵝和烤羊腿給張無忌吃，並且說道：「我跟你說在前頭，這時候我心裏高興，就不來害你。哪一天心中不高興了，說不定會整治得你死不了、活不成，那時候你可別怪我。」雙魚月座最容易受情緒影響，再加上又有顆橫衝直撞的白羊上昇老在那兒做怪，所以蛛兒嘴硬心軟，忽喜、忽嗔、忽怒，一天之中情緒可以百變，這種脾氣好在有天秤張無忌可以應付，換作別人早就翻臉了。

蛛兒說起話來活像吃了炸藥似地，這當然也是白羊在作祟，她聽到張無忌說要娶她為妻，一生好好的待她之後，竟用非常溫柔自然的語調說：「你如真的娶了我為妻，我會刺瞎你的眼睛，會殺了你的。」還說：「你眼睛瞎了，就瞧不見我的醜模樣，就不會去瞧峨嵋派那個周姑娘。倘若你還是忘不了她，我便一指戳死你，一指戳死峨嵋派的周姑娘，再一指戳死我自己。」不過，就算她這些惡言惡語說得多麼天經地義，她善良的雙魚月座一定會阻止她做出傷天害理的事情，所以讀者只會覺得張無忌這位叫做殷離的表妹瘋瘋顛顛，有種無厘頭式的趣味，但卻不覺其可恨，甚至連其猙獰的容貌，也變得不那麼可厭了。

射手座

令狐沖
長春子　丘處機
趙敏

射手座人慷慨大方、自然天真、積極樂觀、心胸開闊、誠實坦率、熱情明朗、淑世懷抱，過度自信、盲目樂觀、愛玩不節制、欠考慮；愛好自由、自在瀟灑、追求真理知識、實用哲學思考、睿智判斷、聰明領悟力佳、理想性高、適應力佳，過度好奇、輕浮不穩定、逃避責任、紙上談兵、太愛冒險、放縱不安分、耐性差。

令狐沖

令狐沖笑道：「對付卑鄙無恥之徒，說不得，只好用點卑鄙無恥的手段。」

風清揚正色道：「要是對付正人君子呢？」

……令狐沖道：「就算他真是正人君子，倘若想要殺我，我也不能甘心就戮，到了不得已的時候，卑鄙無恥的手段，也只好用上這麼一點半點了。」

——《笑傲江湖‧第十回》

在金庸的筆下，令狐沖可說是一個獨一無二的人物，不僅擁有最長的出場介紹，更特別的是，這個介紹還是由一個妙齡小尼姑所敘述出來的，而這個被敘述的人物卻又非人人稱道的俠士，反倒是毀譽參半、行事不依常軌的傢伙，這個傢伙不出現則已，一出來就總要弄出幾件人盡皆知的大事，是個標準的話題人物。

令狐沖不論是獨自闖蕩江湖，或是率領大批人做事，都有一種視規範如兒戲、但求熱鬧好玩的心態，由於總是任性妄為，沒法好好地做事情，因而常讓他的師父師娘相當頭痛，這種講得好聽是浪子，說得難聽是野孩子的性格，正是射手座的特徵之一。單看他平時對瑣碎細節不甚在乎的作風，以及喜愛到處遊蕩玩耍的性格，便可見一斑，日座射手乃是以不受拘束出名的，而且時常愛和朋友混在一起，比如書中就有一段寫到，令狐沖在大街上與一個乞丐鬥酒，以一門出神入化的氣功吸乾了乞丐的酒，然後兩人再去酒樓續飲，他們是素不相識的，只因為愛酒的性子相投，便攪在一起；這種不受羈勒的行事風格往往會被團體所排斥，因而令狐沖雖然對師門極有忠義之心，但卻始終不得其師岳不群的倚重，正是由於他太不守紀律，又時時鬧出亂子的緣故。除此之外，令狐沖的一張嘴也很有射手座的味道，想來水星應當也坐落於此。大體說來，舉凡只要是變動星座，想要造謠生事必定事半功倍，射手座恰好名列其中，這使得令狐沖成了一個流行口號的製造能手，例如：他曾經戲稱青城派的招數叫做「屁股向後平沙落雁式」，又將江湖上流傳的「英雄豪傑，青城四秀」更名為「狗熊野豬，青城四獸」。又有一次為了相救尼姑儀琳，與採花大盜田伯光周旋，逼於技不如人，便出言相騙，說出了「一見尼姑，逢賭必輸」以及「尼姑砒霜金線蛇，有膽無膽莫碰他」的話來，結果當然免不了又是惹起一場軒然大波。此外，令狐沖的造謠本領也是一絕，例如：他與田伯光相鬥之時曾說：

田伯光問道：「令狐兄，你當真有必勝的把握？」

令狐沖道：「這個自然，站著打，我令狐沖在普天下武林之中，排名第八十九，坐著打，排名第二。」

田伯光甚是好奇，問道：「你第二？第一是誰？」

令狐沖道：「那是魔教教主東方不敗！」

——《笑傲江湖・第四回》

由此便可得知，令狐沖嘴皮子上的功力確實不凡，竟連江湖場面見慣的田伯光也被唬得一楞一楞的。

江湖子弟除了刀光劍影，不能不談的便是纏綿悱惻的愛情，而對令狐沖而言，他與同門師妹岳靈珊的苦戀，與魔教聖姑任盈盈的共歷憂患，是最令人難忘的。岳靈珊是他青梅竹馬的玩伴，兩人曾一同遍遊華山諸峰，在一起的時刻多半就是找樂子尋開心，由令狐沖對小師妹的態度來看，其金星落於射手的可能性較大，他們曾有一段對話：

令狐沖笑道：「以後師父再收弟子，都是你的師弟。師父收一百個弟子，給你幾天之中殺了九十九個，那怎麼辦？」

岳靈珊說道：「你說的真對，我可只殺九十九個，非留下一個不可。要是都殺光了，誰來叫我師姐啊？」

令狐沖笑道：「你要是殺了九十九個師弟，第一百個也逃之夭夭了，你還是做不成師姊。」

岳靈珊笑道：「那時我就逼你叫我師姊。」

令狐沖笑道：「叫師姊不打緊，不過你殺我不殺？」

岳靈珊笑道：「聽話就不殺，不聽話就殺。」

令狐沖笑道：「小師姊，求你劍下留情。」

——《笑傲江湖‧第八回》

但是金騎人馬從古至今就並非是金星的良好落點，乃是由於此落點常帶來大膽開放的男女關係，往往易於觸犯當時的道德規範，而被人視為私生活不檢點的傢伙。事實上，令狐沖確實為此所苦。例如說，當他被大盜田伯光擊傷時，被人救到妓院療傷，沒想到正派人士因故大舉前來，正好就撞見他，令狐沖簡直是百口莫辯；又有一次，令狐沖與恆山派眾女尼一同行走，也是被傳得沸沸揚揚，說他勾引出家尼姑，壞人清規戒律，乃是一個無行浪子。而事實上令狐沖什麼也沒做。

和尼姑之間的緣分也是令狐沖的奇緣之一，他與女尼儀琳的關係，直接間接引出了田伯光、桃谷六仙、不戒和尚以及恆山派等劇情，可說是關係匪淺，這種與出家人如此深厚的緣分，乃是由落入雙魚座的月亮造成的。月亮雙魚本來即有宗教信仰方面的傾向，縱然本身並非教徒，也會有這方面的際遇。令狐沖在這方面因緣頗豐，如先從田伯光手下救出儀琳，又因緣巧合救了定靜師太一行人，最後竟做了恆山派的掌門人：

定閒師太眼中又閃過一道喜悅的光芒，說道：「你……你答允接掌……接掌恆山派門戶……」說了這幾個字，已是上氣不接下氣。

令狐沖大吃一驚，說道：「晚輩是男子之身，不能做貴派掌門，不過師太放心，貴派不論有任何艱鉅危難，晚輩自當盡力擔當。」

定閒師太緩緩搖了搖頭，說道：「不，不是。我……我傳你令狐沖，為恆山派……恆山派掌門人，你若……你若不答應，我死……死不瞑目。」

——《笑傲江湖‧第二十六回》

結果令狐沖便在不能推拒的情形下，成了一眾尼姑之首。

既然令狐沖如此愛攪局，武林之中必然有許多人想要他的命，他能在許多明爭暗鬥中存活下來，除了受射手及雙魚的好運眷顧外，實力也是很重要的一環，而令狐沖最使人津津樂道的成名武功便是獨孤九劍。

獨孤九劍號稱可以破盡刀槍劍戟、拳掌氣功，是一種專門找尋敵人破綻的劍法，而這門劍法講究要達到「無劍勝有劍」的境界，是一種聰明人學習的劍術：

令狐沖……道：「徒孫倘能在二十年之中，通解獨孤老前輩當年創製這九劍的遺意，那是大喜過望了。」

風清揚道：「你倒也不可妄自菲薄，獨孤大俠是絕頂聰明之人，學他的劍法，要旨是在一個『悟』，決不在死記硬記。等到通曉了這九劍，則無所施而不可，便是將全部變化盡數忘記，也不相干，臨敵之際，更是忘記得越乾淨徹底，越不受原來劍法的拘束。」

——《笑傲江湖‧第十回》

可見得令狐沖的火星極可能正是落在掌管悟性的水瓶座。同時落於水瓶的可能還有海王星，由於水瓶座也與朋友有關，這使得令狐沖所結交的朋友有些怪異，比如說五毒教主藍鳳凰、桃谷六仙、不戒和尚、採花大盜田伯光、日月神教教主任我行等等，多半都是旁門左道之士，固然是符合了他喜愛熱鬧的性格，卻也增添了不少麻煩。另外可附帶一提的是，火星與海王星合在水瓶座，有被誤診病情的可能，這就無怪當令狐沖受傷時，雖然有許多人關心他的病情、卻是被越醫越糟，還害得名醫平一指氣得自殺了。

長春子　丘處機

完顏洪烈眼前一花，只見一個道人手中托了一口極大的銅缸，邁步走上樓來……。

——《射鵰英雄傳‧第二回‧江南七怪》

……丘處機正與成吉思汗談論途中見聞，……當下捋鬚吟道：「十年兵災萬民愁，千萬中無一二留。去歲幸逢慈詔下，今春須合冒寒遊。不辭嶺北三千里，仍念山東二百州。窮急漏誅殘喘在，早教生民得消憂。」

——《射鵰英雄傳‧第卅七回‧從天而降》

全真七子中威名最盛、武功最強的長春子丘處機，身雖出家，舉止行事卻滿入世，他應亟謀宋地的成吉思汗之邀，率十八弟子不辭萬里劬勞，冒寒進言太祖，弭卻深重殺業，非但不像冷寒索居的貧道，竟似執掌王令的仁勇將使。在這一方面，他展現的是射手星座的優良特質。

日座人馬若得協佐，易於長途跋涉完成家國任務，發揮馬的健行勇武，有命所謂「異地逢春」，指有些人在國內身手難施，一出國門卻如飛龍在天，太陽射手是這種命例之一。長春子一生功業以此番言諫成吉思汗為最，射手影響不可謂不大。

號稱「旅行蟲」的射手，馬腳從來閒不住，長春子人影未見，歌聲先至：「縱橫自在無拘束，心不貪榮身不辱……」喜好自由的性格完全符合占星術對射手的基本定義。此般自在固然有助於他擺脫種種人間情愛，東西飄遊、鋤奸殺賊，但卻可能在需要長時間濡養的重要人際關係上出現問題：金源鑄的「全真教祖碑」說丘真人幼亡父母，已經道出他與六親緣薄的傾向，等他長大拜王重陽為師，由俗入道，更加展現獨身的傾向，但這已不單只是太陽射手所可造成的結果。至於收楊康為徒又疏於管教，釀成大禍，更是射手老師的通病。

優質的射手星波也帶來慈悲的傾向，守護射手的木星也守護雙魚星座，這兩個星座都與宗教關係密切，原因之一即在「木性仁」，而仁、慈悲是宗教的核心元素。

長春子諫成吉思汗時每言：「欲一天下者，必在乎不嗜殺人。」希臘神話中的半人馬也以慈悲的教授知名，難怪長春子歸依重視慈悲的道教。

如此強的宗教傾向，令人推測丘處機的水星也在射手，同時與太陽下合。

射手座的水星進一步加強丘真人的宗教哲學，但下合的結果卻帶來災難。這顆下合的水星是落陷星，令人心意不定、過度好自由，同時判斷力減弱，使得長春子強迫性地四處遊方，無暇管教楊康，復疏於照顧楊過，終於惹出天大的麻煩。

不過，丘處機的慈悲雖勝俗人，在教中卻可能吊車尾。他初遇郭嘯天和楊鐵心時，解下背上草囊竟滾出奸臣王道乾血肉模糊的人頭，剁起惡人心肝也毫不含糊，這種境界與師兄丹陽子馬鈺相比自然還差上一大截（馬鈺可能是雙魚型的道者），這是因為丘真人火星在白羊座的關係。

白羊的火星實質上帶給丘真人「長春子」的道號，這顆入廟星賦予人極大行動力，令人精力充沛、肌肉結實。長春子人如其名，與江南七怪醉仙樓一別十八年，再見時還是滿面紅潤，果然長春。這固然是全真教內功精湛有以致之，但長春子以躁急魯莽之性竟得練成全真教第一高手，白羊火星所賜天分實功不可沒。

白羊、射手均為火象星座，太陽、火星俱屬陽星，此般星曜組合（稱為「日火相拱」）極利修煉武功，是奧林匹克選手人人覬覦的星象。

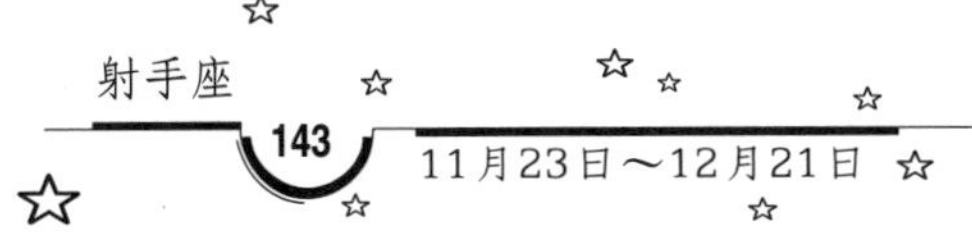

秉此天賦，長春子果然修到天罡北斗陣的樞紐星「天權」之位，在天權統領下，連武林頂尖高手東邪西毒都要陷入七星陣，而他獨自擊缸與江南七怪大戰醉仙樓的一段也成為膾炙人口的佳話。

希臘神話中的半人馬雖然善戰，但有一項煩惱，便是死不掉，因為祂的細胞是生命之火構成的，長春子容或不及長生子劉處玄長命，但十八年容光不減也夠看了，再加上白羊這「黃道嬰兒」的青春，此一免美容好處實得自太陽、水、火的「火象拱照」。

說完好處說壞處，火入白羊雖入廟，仍可帶來急躁魯莽之性，長春子雖是修道人，一路卻因誤會而與同路人多次衝突，從一開始與郭嘯天、楊鐵心大打出手、被段天德騙成與江南七怪大戰醉仙樓、法華寺的局面，到一路被劣徒楊康欺騙、釀成大禍，甚至七老八十了連小兒楊過使計也看不破，在在展現白羊與射手衝動的負面特性。長春子的月亮很可能也在白羊。

性急之外，容易上當更是丘真人的毛病，楊康、楊過、段天德、朱聰、裘千仞無不把他騙得團團轉，令人扼腕，他反映的這種善良修行人被俗人、惡人欺騙的傾向，雖然一部分與下合的水星相關，更重要的卻是他雙魚座中的月交點，與太陽相刑的「雙魚月交」往往令人被愛徒騙得昏天黑地，損失慘重。下合的水星令人缺乏判斷力，過弱的雙魚則使人極易受外界刺激甘擾，形成錯誤觀念。假使再加上慈悲心，便可能造成養癰為患的局面。

愛情方面，這位道人似乎清爽得很，比老頑童周伯通還無經驗，展現的是強烈的金星水瓶風味。

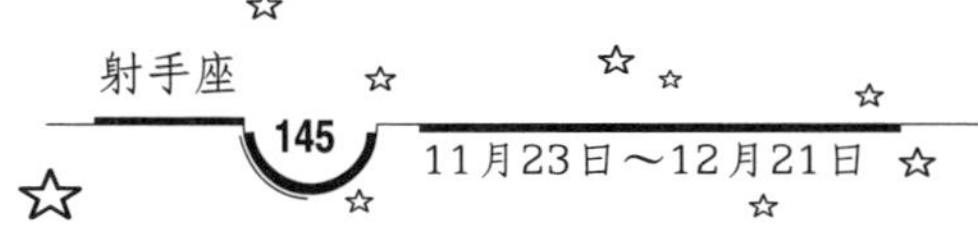

趙敏

酒過數巡，趙敏酒到杯乾，極是豪邁，每一道菜上來，她總是搶先挾一塊吃了，眼見她臉泛紅霞，微帶酒暈，容光更增麗色。自來美人，不是溫雅秀美，便是嬌艷姿媚，這位趙小姐卻是十分美麗之中，更帶著三分英氣，三分豪態，同時雍容華貴，自有一副端嚴之致，令人肅然起敬，不敢逼視。

——《倚天屠龍記‧第二十三回》

張無忌額頭冷汗涔涔而下，知道終於是上了趙敏的惡當，她在黑玉瓶中所盛的固是七虫七花膏，而在阿三和禿頭阿二身上所敷的，竟也是這劇毒的藥物，不惜捨卻兩名高手的性命，要引得自己入彀，這等毒辣心腸，當真是匪夷所思。

——《倚天屠龍記‧第二十七回》

漢名趙敏的蒙古郡主敏敏特穆爾，生就一副愛做弄人的調皮個性，若是活在今世，她可能是個小辣妹，殷素素臨死前告誡張無忌：「美麗的女子最會騙人。」活該張無忌就碰上了一個愛騙人的「美麗壞女人」。

趙敏舉止豪邁，美麗中帶著三分英氣，加以愛做男子打扮，單就外型來看，她就是個典型的日座射手。

射手座女人多少有點男孩子氣，她橫衝直撞、獨立堅強，為了追求真理，往往撞得滿頭疱，說她是女唐吉訶德並不為過。趙敏將圍攻光明頂的六大派高手囚禁在萬安寺中，使用藥物抑住各人的內力，逼迫他們投降朝廷，眾人自然不降，她便命人逐一與之相鬥，並在旁察看，得以

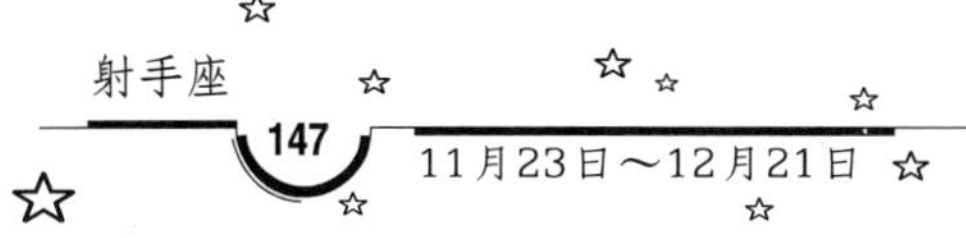

偷學各門各派的精妙招數，此計雖然惡毒，但卻也足以證明射手座好奇、好玩、好學的本性。

光明左使楊逍說：「這趙姑娘的容貌模樣，活脫是個漢人美女，可是只需一瞧她行事，那番邦女子的凶蠻野性，立時便顯露了出來。」射手座女人雖千萬人吾往矣的勇氣和野性，也由此可見一斑。

趙敏的武功底子甚差，但是她心思機敏，奇變百出，連張無忌每次跟她交手，多多少少都會落了下風，此乃因為射手座跟雙子座一樣地反應靈敏，詼譎多智，不過射手座邏輯思考能力更強一點，智慧也更高一點。

丐幫長老遠赴靈蛇島逼謝遜交出屠龍刀，奸險的丐幫八袋長老陳友諒見謝遜武功蓋世，連損丐幫五名長老，遂假仁假義地要代鄭長老一死，謝遜見他講義氣，便留他活口，而趙敏一眼即看穿他的詭計。此外，在屠龍大會之上，智謀百出的她點破了圓真才是這場群雄會的幕後主使，其目的不在殺謝遜，也不在取屠龍刀，而是想要叫張無忌力戰群雄，耗盡內力，死在三位老僧的金剛伏魔圈之後，再出來揀個便宜，順理成章地被推為武林霸主。看來，擅長推理的趙敏，應該還有一顆水星落在處女，以致她分析局勢鞭辟入裡，絲毫不爽，而又正因為這顆落在處女的水星幫助她遇大事冷靜沈著，不像射手那麼的毛躁、莽撞。

但是，畢竟在談情說愛的時候，趙敏日座射手的種種天真、坦率、嬌蠻勁就擋不住的蜂湧而出了。

趙敏與張無忌的情意雖然是自然滋生，可是任誰也看得出來趙敏主動的成分居多。張無忌為討七虫七花膏的解藥，不得不答應趙敏的三件事之約，而趙敏這小丫頭叫張無忌所做的第一件事，是陪她去取屠龍刀一觀，第二件事卻是不得與周芷若拜堂成親。這第一件事自然是為了增加與張無忌朝夕相處的機會，而第二件事明明就是「搶婚」，這匹蒙古種的射手真還是好生撒潑咧！

趙敏對張無忌愛得轟轟烈烈，義無反顧，她到客店裡尋找張無忌，坦承自己是蒙古的紹敏郡主，聊著聊著一會兒說要殺周芷若，一會兒又要張無忌說說是她美還是周芷若美，這時射手座的口沒遮攔和無厘頭幾乎已被趙敏發揮到了極點，不過，一直要到趙敏學殷離在張無忌的手掌上狠狠地咬了一口，然後又用去腐消肌膏塗在他的手上，讓牙痕印得更深點後，大家才看到在射手座惡作劇和瞎胡鬧的瘋勁之下，其實藏了一個還沒長大的小丫頭。

趙敏在小島上使出拚命的招式解救張無忌，謝遜問她何必拚命，沒想到趙敏哽咽道：「誰……叫他這般情緻纏綿的……抱著……抱著殷姑娘。我是不想活了！」

她說這話的時候，面前站著周芷若、小昭、謝遜、張無忌等四人，如果是深受禮教思想薰陶的漢人女子，這些話萬萬是說不出口的，而這趙敏一方面是蒙古人，一方面又因為她的射手發作時，往往會不計後果地說出真話，這種敢愛敢恨的豪爽作風，令張無忌既錯愕又感動。

射手座還有一項長處就是講義氣，每當張無忌遇險時，趙敏往往不顧自己的安危，捨命相救，當趙敏的父親汝陽王與兄長庫庫特穆爾在途中遇上張、趙二人，想要帶回趙敏時，趙敏拿著匕首抵在自己的胸口，叫道：「爹，你不依我，女兒今日死在你的面前。」汝陽王一怒之下說道：「敏敏，你可要想明白，你跟了這反賊去，從此不能再是我的女兒了。」趙敏雖然捨不得親情，但是眼下只有先救情郎，竟執意要跟著張無忌。她視名位、富貴如浮雲，一心只想做她認為是對的事，而這也正是射手寧捨安逸、追求冒險、不貪戀權位、只追求公理正義的最佳寫照。

摩羯座

周芷若

摩羯座的守護星是土星——宿命之神。土星是所有行星中最不浪漫、最實際、最穩重、也最專制的，他們嚴謹不乏衝勁、內斂不失進取、穩定中求開創、多未雨綢繆。

周芷若

張無忌望著周芷若的背影，見她來時輕盈，去時蹣跚，想起當年漢水舟中她對自己餵飲餵食、贈巾抹淚之德！心想但願她受傷不重。那村女忽然冷笑道：「你不用擔心，她壓根兒就沒受傷。我說她厲害，不是說她武功，是說她小小年紀，心計卻如此厲害。」

——《倚天屠龍記・第十七回》

周芷若心亂如麻，在這短短時刻之中，師父連續要叫自己做三件大難事，先是立下毒誓，不許對張無忌傾心，再要自己接任本派掌門，然後又要自己以美色對張無忌相誘而取得屠龍刀和倚天劍。這

三件事便是在十年之前分別要她答允，以她柔和溫婉的性格，也要抵擋不住，更何況在這片刻之間？她神智一亂，登時便暈了過去，甚麼也不知道了。

——《倚天屠龍記・第二十六回》

周芷若可能是倚天屠龍諸位女俠當中，最令人覺得驚悚的一位，她從一個溫柔、細心、乖巧的小姑娘，陡然一變成為殺人不眨眼的女魔頭，她的日座摩羯，絕對要對這種極端的轉變，負起全部的責任。

摩羯座生性偏激，很容易在某種刺激下走上極端，是以張無忌在與她拜堂之日，竟然丟下她跟趙敏跑了之後，她先是以九陰白骨爪抓得趙敏血流滿地，緊接著扯下遮臉紅巾，朗聲說道：「各位親眼所見，是他負我，非我負他。自今而後，周芷若與姓張的恩斷義絕。」她怒不可遏地搓碎鳳冠上的珍珠，又恨恨地補上一句：「我周芷若不雪今日之辱，有如此珠。」

周芷若心頭之魔在由愛生恨之後，日益增長，她不但手刃了收留張無忌與趙敏的杜氏夫婦，也在少林寺的屠龍大會上放縱女尼濫殺無辜，並且還使出邪門的武功，讓光明右使忍不住叫道：「她是鬼，不是人！」連金毛獅王謝遜都差點死在她「殺人滅口」的毒計之下。

摩羯座有鋼鐵般的決心，周芷若的摩羯正面特性，諸如優雅、細心、謹慎、負責守分，吃苦耐勞等等，在她下了復仇的決心之後，似乎全數化為烏有。她就像一頭忍辱負重的老山羊，默默咀嚼著各種陰暗、悲苦的情緒。

當魚座浸在悲苦的情緒中時，那會是一種完全的沉淪，但是摩羯座卻是越苦越來勁兒，她更堅定的向復仇之路的山頂邁著步子，不達目的絕不終止。

張無忌要到看了謝遜的壁畫之後，才知道當年在島上放逐趙敏、殺害殷離者，原來竟是周芷若，她設下毒計之後，復又盜得倚天劍和屠龍刀，盡得其中的九陰真經。當她再現武林時，已經成了一個翻臉無情、一心只想取得武林至尊寶座女魔頭。

不過，土象的摩羯還不足以說明周芷若的性情，她的月座落在水象的天蠍，又賦予了她聰明、悟性高、善於偽裝、忠於愛情的種種優點。

周芷若年幼時即顯出老氣、懂事、細心的特性，她在江邊給中了毒的張無忌餵食、餵水，進了峨嵋派之後，對師父、師姐執禮甚恭，加上悟性特高，因此頗得滅絕師太的歡心。她暗助張無忌應付崑崙、華山四大高手，但卻也在滅絕師太的命令下，迷迷糊糊地一劍刺穿張無忌的右胸，她看起來性格柔順、楚楚可憐，猶如一個超級雙魚座。在滅絕師太死後，眾師姐不服她接任峨嵋派掌門，幾度出言相譏，她被逼得數度落淚；然而她卻執意不負師父所託，又在金花婆婆上門挑釁時，挺身護衛師姐，這種硬脾氣所傳達出的訊息是，她的內在絕不像外表那麼溫馴。

周芷若的內在蘊藏了致命的力量，她的輕聲細語，溫柔可人，全都是偽裝，張無忌與她相處多日之後，方始悟出自己對她是「又敬又怕」，是的，跟一隻深具毀滅力量的蠍子朝夕相對，當然會生出「又敬又怕」之感。

摩羯座與天蠍座均有強烈的自我克制能力，而且極為目標導向，周芷若在日、月相輔之下，這兩種特質不斷地相互加乘，以致她在少林寺中見到自己朝思暮想的張無忌後，臉上絲毫不露喜怒之色，張無忌給她陪罪，她倒給他一個軟釘子碰了回去，她在眾人面前更假意認宋青書為夫婿，讓那張無忌猶如五雷轟頂，心中又痛又酸，這種報付的手段可說是登峰造極！

除了高明的偽裝本事和復仇本事外，天蠍座還會處處給自己預留後路。周芷若在小島上除去二大情敵之後，由謝遜替她與張無忌做媒，成了未婚夫妻，她嬌柔地倒在張無忌懷裡，說道：「要是我做錯了什麼事，得罪了你，你會打我、罵我、殺我麼？」

張無忌回道：「似你這等溫柔斯文，端莊賢淑的賢妻，那會做錯什麼事？」張無忌這廂一再地表示既使做錯了什麼他也絕不會追究，周芷若卻還要他指著天上的明月為證，才肯安心。天蠍座的執拗與心機，在周芷若身上顯現的可不只有一點點！

在天蠍月座的愛情世界裡，絕對容不下第三者，她對所愛的人專情不二，因此她在愛情中所摻入的妒忌、多疑以及毀滅性的怨恨，足足可以燒死對方。張無忌雖然與她立下白首之約，但是心底其實愛的是趙敏，周芷若見張無忌用情不專，一再地激他殺了趙敏，為殷離報仇，沒想到張無忌仍然為趙敏所迷，周芷若不惜採取上吊自殺的手段，幸好被韓林兒救起。少林寺一場惡鬥之後，周芷若設計要與張無忌同歸於盡，但是這場毒計又被殷離給撞破，僅管她口口聲聲只愛張無忌一個，但是這種毀滅性的愛卻叫張無忌好生消受不起啊！

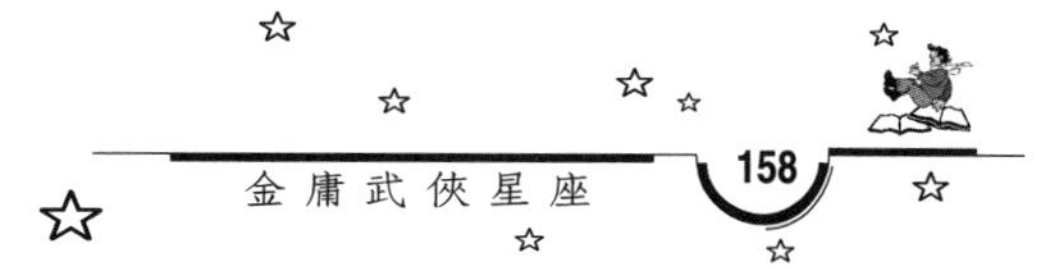

水瓶座

老頑童 周伯通
東邪 黃藥師
東方不敗
小龍女

水瓶座人一般是外表柔和、通情達理，卻也自負、倔强，爆發力極强。通常他們見聞廣博、辯論高手、思路清晰、自視甚高、紙上談兵、固執堅定、守成有恆、冷靜專注、固守原則、自我中心。

老頑童　周伯通

「你死了夫人，正好可以專心練功，若是換了我啊！那正是求之不得！老婆死得越早越好。恭喜！恭喜！」

——《射鵰英雄傳・第十七回・雙手互搏》

「世間我有兩個人不見，一位是段皇爺，一位是他的貴妃瑛姑。……。」……「他為此連皇帝也不做而去做和尚，可見我實是對不起他之極了。」……，心中一時悲一時喜，想起瑛姑數十年來含辛茹苦，更大起憐惜歉疚之情。

——《神鵰俠侶・第三十四回・排難解紛》

於射鵰、神鵰二作中，自稱「老頑童」的周伯通所表現出來的性格主要是風象星座中的雙子座、水瓶座，再加上火象星座中的射手座、白羊座的特徵，我們認為：周伯通的太陽、水星和金星均落在水瓶、月亮則在白羊，上昇雙子且火星亦落於雙子、海王星則坐射手。

日座水瓶的人時有孤寡及擁有忘年之交的情形，不時做出出人意表的言行，聰明才智高，有時對於禮俗相當睥睨，使得旁人常被他搞得哭笑不得。而對事物或學習的癡迷及包容力亦是其特點，在射鵰和神鵰中，我們可以見到周伯通表現出上述的特性，例如：《射鵰英雄傳》第十六回〈九陰真經〉中述及，周伯通與桃花島主黃藥師於桃花島上周旋十五年，而「忽得郭靖與他說話解悶，大感愉悅，忽然間心中起了個怪念頭，說道：『小朋友，你我結義為兄弟如何？』……『你不是我兒子，我也不是你兒子，又分甚麼長輩晚輩？』」；又如周伯通憶其師哥王重陽所言「師哥當年說我學武的天資聰明，又是樂此而不疲，可是一來過於著迷，二來少了一副救世濟人的胸懷……」而在《射鵰英雄傳》第十九回論及郭靖與黃蓉的婚姻時說道：「岳甚麼父？你怎地不聽我勸？……。好兄弟，我跟你說，天下甚麼事都幹得，頭上天天給人淋上幾罐臭尿也不打緊，就是兒媳婦娶不得。好在你還沒跟她拜堂成親，這就趕快溜之大吉罷！你遠遠的躲了起來，叫她一輩子找你不到……」周伯通更自是如此來試圖解決他自己與瑛姑的感情。

講到周伯通的感情，在金庸筆下的老頑童周伯通絕不是一位薄情郎，相反的，他是一位執於情的人物。周伯通是在無存侵犯之心的情況之下與瑛姑發生關係，事後自覺對不住與王重陽、段皇爺的相交之情，更不敢去面對瑛姑，只因一愧疚之情而選擇走避終生，幸得楊過從中穿針引線，周伯通才得以解開此一情結！

依周伯通對瑛姑的情感來論，金星駐水瓶居第九宮是可以解釋周伯通執於情，卻又選擇逃避的心態。金星水瓶往往令人喜歡友情甚於愛

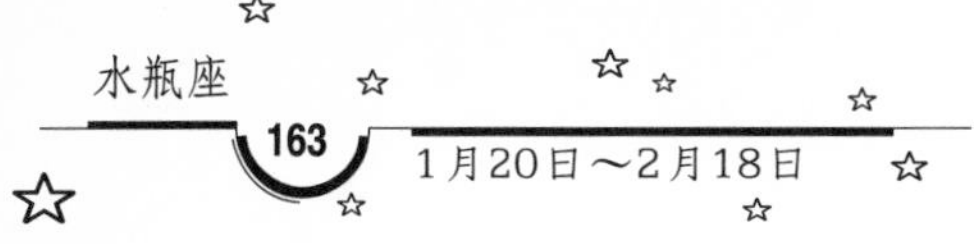

情，人際間的「距離」令他感到自在，而二人無距離的熱情則讓他產生被情水淹沒的恐懼感。駐於九宮則帶來情感漂泊的傾向。

然後，上昇與火星雙子常給人帶來行動輕快的影響，甚至予他人來去如風的印象，而鬥起嘴更是舌燦蓮花，若非黃蓉之輩，則只有瞠目結舌的分。另依周伯通好玩且童心不泯、火力十足的行止來論，其火星與上昇的關係應是「會」（二星相距零度），如金庸於神鵰第二十四回末尾所述：忽見一條黑影自西疾馳而至，在營帳間東穿西插，倏忽間已奔到了王旗的旗桿之下。那人寬袍大袖，白髮飄蕩，正是周伯通到了。另如在射鵰第二十五回中，周伯通與西毒歐陽峰玩鬧時所言：「咱倆那就不吃飯、不拉尿拉屎，賽一賽誰跑得快跑得長久，你敢不敢？」、「老毒物，比到忍屎忍尿，你是決計比我不過的。」

然欲將「老頑童」周伯通一角說得透徹，則須於「頑」字多多著墨，這個頑性是月亮白羊與射手座的宇宙磁波帶來的。周伯通的性格中充滿了未受文明洗禮的原始野性而令人感到頭痛，卻又好笑；當代神話學大師喬瑟夫・坎柏有言：「生命真正的開端便是不服從的行為。」在射鵰、神鵰二作中周伯通雖可謂是丑角，然與郭靖、黃蓉、楊過、小龍女相較，老頑童絕非只是社會邊緣人，應屬未社會化的類型。其舉止非是放蕩不羈，而是人類為求生存的本能天性！所以我們得見周伯通雖常搞砸好事，然由於他無心機，故旁人並不視他為大奸大邪之輩，只道其玩心過重而不甚計較；而欲加害周伯通者亦常藉其好玩的脾氣來使計，然而其生存的本能及無心機卻往往使自己死裡脫險且交得郭靖、楊過、小龍女等幾位好兄弟。也由於這樣未受文明禮教制約的個性，使得周伯通無需藉由他所謂「牛鼻子道士」修性養命的歷程，而得由天性昇華至全真教清靜無為、淡泊玄默的境界，而其才智則因癡心於武學得無妨礙此心性的發展，故周伯通無須藉由「棄聖絕智」的步驟而得入無為之境！此外，其「頑」亦可就其生命中「服從」的數件事來說明：

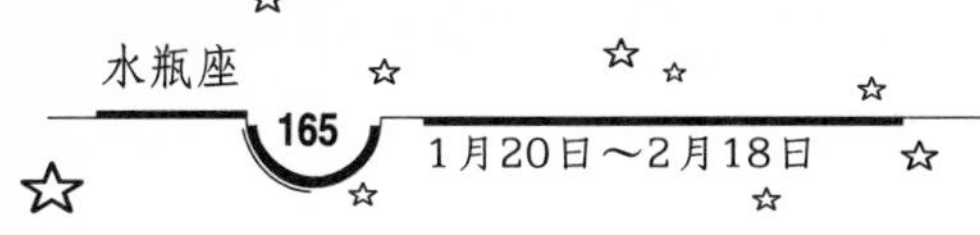

首先是瑛姑一事，周伯通執於自責而不敢去碰觸當年與瑛姑、段皇爺間的相關事物，甚至對美貌女子總帶有恐懼！其次是王重陽交代周伯通《九陰真經》一事，即使自己嗜武成癡、即便是王重陽已逝，然對於自己與師哥王重陽間的約定卻是半點也不敢違拗；甚至是自己無形中習得《九陰真經》中的武功，亦是甘犯被東邪黃藥師殺死之險而縛著自己的雙手，只是閃避。又與歐陽鋒、金輪法王等打賭比賽，就算是事後自知吃虧，亦寧可認輸而不願違反自己所言以示弱、求饒！

所以這種白羊射手的原始頑性是貫穿不服與服從的。加上他生命力的頑強，是夠格自稱「老頑童」。

另可附帶一提的是：在希臘神話中，擅長於暗殺的天蠍，最後為射手所制服，就星象動物學來論，鯊魚可劃屬天蠍，而在《射鵰英雄傳》第二十二回中，周伯通的騎鯊英姿可說明其星盤中射手所占的重要性；另外由《射鵰英雄傳》第三十八回〈錦囊密令〉中所述：周伯通、裘千

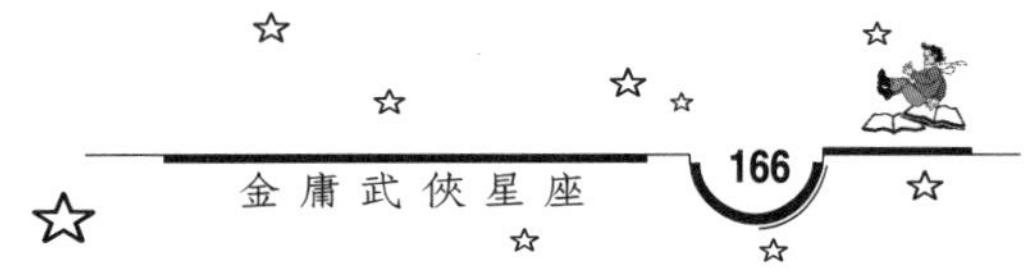

仞、歐陽鋒與郭靖四人於小屋中亂鬥一事，我們可以想見周伯通好玩卻又好運至極的寫照！這些都是海王星駐射手帶來的影響。

一燈道：「黃老邪五行奇門之術天下獨步，這二十八宿大陣想來必是妙的。」

……

黃藥師道：「中央黃陵五炁，屬土，由郭靖統軍八千，此軍直搗中央，旨在救出郭襄，不在殲敵。……」郭靖接令，站在一旁。

——《神鵰俠侶・第三十九回・大戰襄陽》

黃蓉道：「我見爹爹讀書之時，……有時說：『大聖人，放狗屁！』」。

——《射鵰英雄傳》

名列武林五大高手的桃花島主黃藥師，天資絕佳，琴棋書畫、醫卜星相，以及農田水利、經濟兵略，無一不曉，無一不精。他以一人才智，依諸葛亮昔年八陣圖遺法在桃花島廣植花樹，雖然徒眾很少，也能獨霸一方，闖出「東邪」的大名。此般淵博的學問，基本上是水瓶星座帶來的影響。

水瓶對黃老邪影響深遠，估計他星盤中水瓶星座應有四、五顆星曜，結成一「水瓶星團」，此星團包括太陽、水星、木星、天王星與月交點。

水瓶座的太陽與水星，造就了桃花島的豐富武學，「彈指神通」、「落英神劍掌法」、「蘭花拂穴手」、「玉簫劍法」、「碧波掌法」、「附骨針」、「碧海潮生曲」，再加上奇門陣法、九花玉露丸等珍貴藥品，使得桃花島儼然形成一座寶庫，任出一寶，都令武林後生覬覦不已。這不奇怪，水瓶座又名「寶瓶座」，瓶中自是滿盛甘露般的仙品，而因為這個星座是風象星座，風主智慧，所以瓶中寶多得是學問，難怪黃藥師能指揮廿八宿大陣與蒙古大軍大戰襄陽。

另外，西方的寶瓶，猶如我國道教的葫蘆，裏面都裝了數不清的膏藥；在醫療占星術中，水瓶座本即掌管藥草，難怪東邪得「藥師」之名。甚至東邪的姓也暗示了他與藥的深厚關係，原來黃本五行中土之正色，而土星正是水瓶座的守護星之一。

太陽與水星為黃藥師奠下深厚的學識基礎，卻未必能為他博得名震武林的聲威，他的大名還得靠落在水瓶的天王星來造就。天王落水瓶是入廟星，若有主星來會或三方得見，特主聲名，在黃藥師的例子中，有日水二曜加強天王磁波，遂助使他名震武林。

如果日、水、天王三曜展現了水瓶的優點，那麼木星和月交點便凸顯出水瓶的缺點。

水瓶與獅子均屬高慢類星座，一弄不好，便是眼高於頂、睥睨世俗，木入水瓶便具有這種潛力。東邪居桃花島，在植物占星術中，桃花本雙魚嬌客，雙魚由木星守護，而東邪的「東」字便是木行所化（木主東方），但一個「邪」字卻說明，這塊木失卻正位，沒有落到雙魚或其他木星廟旺之位，卻跑到極耗木氣的水瓶星座去了，結果讓水瓶的高傲心大為發揮，使黃藥師變成不服聖人禮法、說聖人放狗屁的黃老邪，這「邪」字便是木星失位帶來的後果。

水瓶的另一缺點是怪癖多、不近世情。黃藥師不顧女婿郭靖捨女兒黃蓉而迎娶蒙古華箏公主便一掌差點劈死華箏；與妻子從周伯通手上騙走《九陰真經》不說，妻子死了，還遷怒周伯通打斷他兩條腿；銅鐵二屍偷走《九陰真經》，竟令他遷怒忠心耿耿的弟子，將徒弟挑斷筋脈，驅逐出島。種種作法，乖張難測，充滿水瓶難料而怪異的氣息。這些特性配合黃藥師白羊座的火星與獅子座的冥王星，終於使他有時犯下大惡，造成遺憾。

火星駐白羊有很多優點，它帶來高超的武功以及指揮的才華，使黃藥師彈指神通威力驚人，復可指揮大隊人馬迎戰蒙古軍。但這顆火星也令他被挑起的惡劣情緒以暴烈的形式攻擊他人——甚至極親近的徒弟。

獅子座的冥王星則一方面加強東邪的高傲心，往往自恃一代宗師身分而險遭毒手（例如明明未殺江南五怪竟承認殺害），一方面也加強他的傷害力，使他說出：「我愛殺誰就殺誰。」引人反感，終致莫名其妙與女婿郭靖為敵，差點鑄成天大的遺憾。

前面所提水瓶座的月交點，更是帶來怪異行徑，主要表現在東邪與親近人交往的方式上。他在桃花島上役用了一批啞僕，不同於常人，黃藥師的啞僕個個是壞人，原來黃老邪並不在乎自比為惡人，他用的既是惡人，本來即表明「物以類聚」的含意。這種邪惡集團，正是受到刑剋的月交點與天王星合會造成的結果。

天王星秉性怪異，月交點主管交友，二者合會，恰恰形成怪人集團，便如武林高手加惡啞僕一般。這個集團不以情感為結合基礎，黃老邪發起威來，隨時把啞僕一掌打進大海，這種現象但有天王合月交並無法解釋，而要加上在金牛座與這二星象因素形成四分相的月亮。

這顆月亮與月交刑衝之餘，令人以不和諧的態度組成團體，使得團體張力極大，毫無感情基礎，一遇事便易瓦解，便如啞僕一見黃藥師不行了便跑得全無人影。

幸好這顆月亮本身坐旺在堅實的金牛座，而獅子座的冥王星又為強力的水瓶座諸星所壓制，使得黃藥師雖徒眾盡失、僕從逃亡，畢竟對自己的妻女仍然保存一份至真至誠的感情。

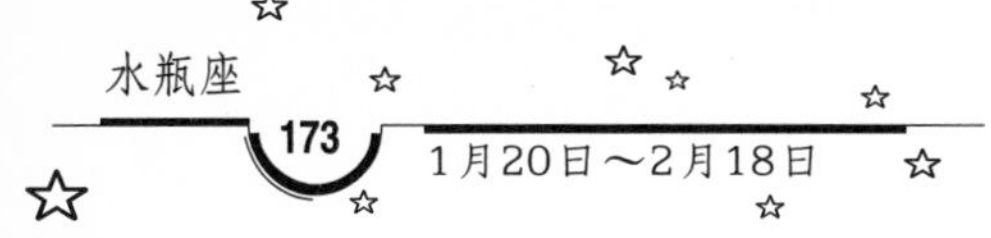

東方不敗

這樣一位驚天動地、威震當世的武林怪傑，竟然躲在閨房之中刺繡！

——《笑傲江湖‧第卅一回‧繡花》

東方不敗道：「蓮弟喜歡幹甚麼，我便得給他辦到。當世就只他一人真正待我好，我也只待他一個好。童大哥，咱們一向是過命的交情，不過你不應該得罪我的蓮弟啊！」

——《笑傲江湖‧第卅一回‧繡花》

由金迷票選榮登武林第二高手的日月神教教主東方不敗，是金庸筆下人物相當突出的一位，他那手拈繡花針、一身紅雲的身影一出現，天下武林立時為之地震。雖然出場時間極短，卻予人無比深刻的印象。

十二星座中擅於刺繡的有好幾個，不過像東方教主那樣拿繡花針去撥令狐沖長劍的，大概只有處女座有這本事，這暗示東方不敗的火星在處女座的翼宿。

處女擅於女紅，這個重視細節的星座非常適合做精緻的刺繡。處女有兩型，小型處女巧緻，中型處女（翼宿型）卻接近粗糙，這種中型處女擁有洗衣婦的臂膀，刺繡之餘，還可能以針作刀，化解任我行等四大高手的凌厲攻勢。

這顆處女火星本身雖強，但若無他星加助，依舊難以抵敵四大高手聯手，東方不敗因有木星落於摩羯座，與處女火星拱照，方大幅強化火星威力，足以一針撥千斤。

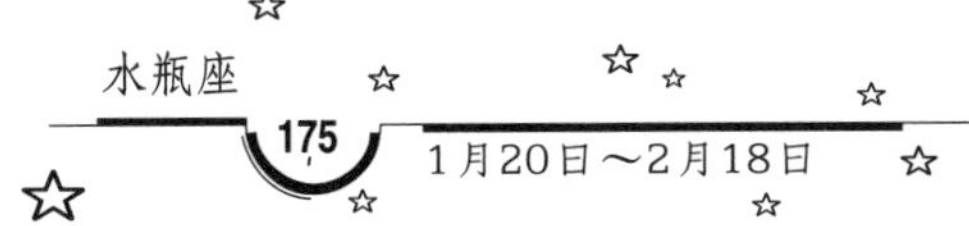

繡花針是東方不敗的武器，他的功法卻源自「葵花寶典」。在植物占星術中，葵類花草多歸摩羯與水瓶主掌，這是因為「葵花」顧名思義最秉十天干中「癸」干之氣，而摩羯水瓶俱藏癸水。因此，摩羯、水瓶二座在東方不敗星盤中必占一些份量。

前述東方木星居摩羯，一方面強化火星繡花針威力，一方面引來癸水，促成東方習得葵花寶典無上功夫。再一方面，則是此一星象賦予東方強烈的「地位動機」，使得他一心一意要當教主，如同政客般不惜一切奪取權位。當上教主後，復建立「文成武德、仁義英明教主」那一大套歌功頌德的把戲，逼迫部屬大抬轎子。

另由名字分析，東方不敗逢木最旺，以木主東故，所以他在「黑木崖」上稱雄（雌），而黑色為摩羯正色，「黑木」二字已暗示木星在摩羯座。

至於水瓶，東方所受之影響更深，他的太陽、月亮、水星、月交點均在水瓶。水瓶是主智的風象星座，較諸雙子、天秤，智慧深度為最。古代希臘占星術盛傳，水瓶星座富藏寶典秘笈，「葵花寶典」說是水瓶之書相當自然，也唯有東方不敗這種天資過人的魔頭，才將之習得如此到家，餘如岳不群、林平之不過習得三、四分而已。

水星水瓶，帶給東方無邊智慧，非但習得上乘武功，復懂得駕馭教眾之術。他既以「三尸腦神丸」、殺雞儆猴等等手段威嚇手下，於原任教主父女卻不斬草除根，貌似慈善，實則以此假仁義籠絡人心。

但合於水瓶的日月因月交點涉入而形成蝕象，此蝕令東方陽氣大減，終於自宮變為老旦，另一方面也刑剋父母，使他早年貧寒，雙親早逝。日月原象父母。

水瓶是有名的單身星座，這與其守護星天王星曾遭閹割有關，家丁總是不旺，孤寒的東方不敗自宮，道盡了天王遭閹的古神話。

水瓶的影響，從東方的侍者也看得出，他使用的近侍均著紫衫，紫

本水瓶正色。這些侍者個個伶俐，也反映水瓶的主智性格。

東方不敗之敗，實在肇於難捨的變性情慾，這項致命傷，埋在他雙魚座的金星與天蠍座的海王星上頭。

金星雙魚為人帶來對愛情的渴望，東方縱使身為教主，在當時如此閉塞的社會，與楊蓮亭相愛自然極受社會壓力，他對這份感情的珍惜可想而知。這種被禁錮的感情，雙魚座的金星常常帶來，雙魚為犧牲之宮，東方為了他的蓮弟，只好犧牲天下，甚至他的大恩人童百熊惹了蓮弟也只好命喪黃泉。

東方這顆金星與處女座的火星相衝，這種星象帶來難遏的情慾，間以發洩後的冷漠，此所以東方一聞令狐沖之名，心想是位英俊郎君，竟致大敵當前也不管，差點調起情來，幸好令狐沖不對他胃口又視他為仇敵，否則沖弟說不定比蓮弟還受寵。至於情慾發洩後冷漠的一面，他變性後把七個小妾殺了，是為明證。

這顆金星受到他天蠍座海王星的宰制，海王天蠍帶來變性的可能，海王原主變幻，而天蠍職司性功能，由於金海二星在陰性星座，因此使東方由男變女，而非由女變男。

小龍女

楊過抬起頭來，與她目光相對，只覺這少女清麗秀雅，莫可逼視，神色間卻是冰冷淡漠，當真是潔若冰雪，也是冷若冰雪，實不知她是善是怒，是愁是樂，竟不自禁的感到恐怖：「這姑娘是水晶做的，還是個雪人？到底是人是鬼，還是神道仙女？」

——《神鵰俠侶・第四回》

古墓派傳人小龍女一出場就只得一個「怪」字可以形容，她打從出生就住在不見天日的古墓之中，十八年來始終與兩個年老婆婆為伴，修習那摒除喜怒哀樂之情的「玉女心經」，是以養成了副冷酷孤僻的脾氣。

她慣使的軟帶金球、玉蜂針，還有那一群會聽令的玉色蜂子，全都不是常人的招數；再加上她夜間不是睡在寒玉床上，就是睡在一根繩索上，小龍女的日座落在水瓶早已顯而易見！

水瓶女向以行事怪異聞名，水瓶在其守護是天王星的影響下，總是有本領做出前瞻性、開創性的事情，就拿小龍女與楊過的愛情來說，她癡長楊過四、五歲，是楊過口中的「師傅」及「姑姑」，但是她卻不顧禮教的反對，與楊過比翼雙飛，這份打破傳統的勇氣，也只有水瓶女才能夠擁有。

又因為水瓶漠然、疏離的特質，當撫養小龍女的孫婆婆被全真道士郝大通一掌擊斃時，她心頭的哀戚之感一閃而過，臉上竟是不動聲色。當她帶著楊過回古墓，眼見楊過對即將入棺的孫婆婆極其不捨，不由得對楊過的重情好生厭煩，而她自己呢，則是伸手抓住棺蓋一拉，喀隆一聲響就把石棺蓋得嚴絲密合。

小龍女的上昇亦落在水瓶，水瓶與天秤是盛產美女的兩大星座，以致於她的外貌令人發出「美若天仙」之嘆，她一襲白衣如雲，眼波澄如秋水、寒似玄冰，再加以水瓶座耐心極佳，所以她形止悠閒，舉手投足都不帶煙火味。

但這只是她尚未啟動人世間七情六慾時的情形，當她愛上楊過之後，她的巨蟹月座即反客為主的壓制了水瓶日座。巨蟹柔情似水，易受外界影響，執著、戀家且深具母愛，可是醋意卻不小。她要楊過親口對她發誓，說他今後心中只有一個小龍女，若是有了別個女子，就得給殺死。當她被丘處機的大弟子尹志平姦污之後，誤以為是楊過暗中偷香，因此對著楊過說：「以前，我怕下山去，現下可不同啦！不論你到哪裡，我總是心甘情願的跟著你。」巨蟹黏人的本性在墮入愛河的小龍女身上又得到了明證。

黃蓉眼見小龍女師徒在合戰金輪法王時，流露出男歡女悅、情深愛切的模樣，不禁想要勸戒小龍女師徒相戀，有悖倫常的嚴重性，於是她借梳頭之便告訴小龍女，她若與楊過結為夫妻，江湖人士會一輩子瞧他們不起。小龍女想，這倒也不妨，索性他倆一輩子關在古墓中，不與江湖人士來往，這是水瓶座典型的避世隱居。黃蓉接著又提醒她，楊過從小在外東飄西蕩，看遍了花花世界，在古墓中住久了，定會氣悶。

就因為黃蓉這席話，小龍女牽動了巨蟹的感性，並在楊過身邊留下「善自珍重，勿以為念」的字條，飄然遠走，日後竟差點做了絕情谷的新娘，並且引起與楊過雙雙中了情花之毒，性命垂危的禍事。

巨蟹的感情太過敏感脆弱，而且甘願為心愛的人做出最英雄式的犧牲，小龍女聽了黃蓉的話，心中轉念道：「我喜歡他、疼愛他，要了我的性命也行。可是這般反而害得他不快活，那他還是不娶我的好。」後來在絕情谷，身重情花之毒的小龍女又在逆轉經脈療傷時被郭芙的冰魄銀針所傷，自知命不久長，便在斷腸崖壁上留下：「十六年後，在此重會，夫妻情深，勿失信約。」的字樣，她自己則縱身躍入谷底。原來那日楊過將半枚絕情丹拋入谷底，小龍女知他為了自己中毒難治，不願獨生，心想唯有自己先死，絕了他的念頭，才得有望解他體內情花之毒，而她又不想露出自盡的痕跡，因此故意定了十六年之約。她為楊過而生、為楊過而死的巨蟹座癡情，不禁令觀者同聲一歎！

小龍女得巨蟹母性，也顯示在楊過與公孫谷主決鬥之際的補衣動作上，她關切地問道：「過兒，這幾天來你好嗎？」並且從懷裡取出一個小針線包，替楊過縫補背心衣衫上幾處被樊一翁抓出的破孔，她與楊過亦師、亦妻、亦母之情溢於言表。

巨蟹的戀舊與戀家，則可由小龍女一再表示想回到古墓中生活，甚至連她在絕情谷中的茅屋都按著古墓的陳設擺置傢俱、用品上看出。楊過在江湖上闖蕩十六年，成了名聞遐邇的神鵰大俠，小龍女卻在谷底重溫古墓中養玉蜂子、食玉蜂漿的生活。十六年後楊過依約前往斷腸崖，探入谷底茅屋，只見屋內桌几放置方位熟悉之極，竟與古墓石室中的桌椅一模一樣，臥室櫥中放著幾件樹皮結成的兒童衣衫，也正是從前在古墓時小龍女為自己縫製的模樣。當楊過淚滿衣襟時，小龍女適時出現，輕撫楊過的頭髮，柔聲問道：「過兒，什麼事不痛快了？」年少失怙的楊過是以再度領受了小龍女巨蟹母性的關愛。

小龍女素來不會做偽，而且心中光風霽月，但覺無事不可對人言。她的純真、坦率與心中絕無俗念，和用盡心機、伶牙俐齒、花樣特多的黃蓉相較，無疑是金庸筆下的兩大極端典型。

雙魚座

北丐　洪七公
段譽
王語嫣

雙魚座的符號♓象徵朝著相對或相反方向游的兩尾魚。因此雙魚座人的內心，似乎總有兩股互相牽制的力量在碰撞或拉扯。雙魚座人經常受到環境變易的影響，很容易受人蠱動、左右，常常感到對自己的命運不能掌控、主宰。

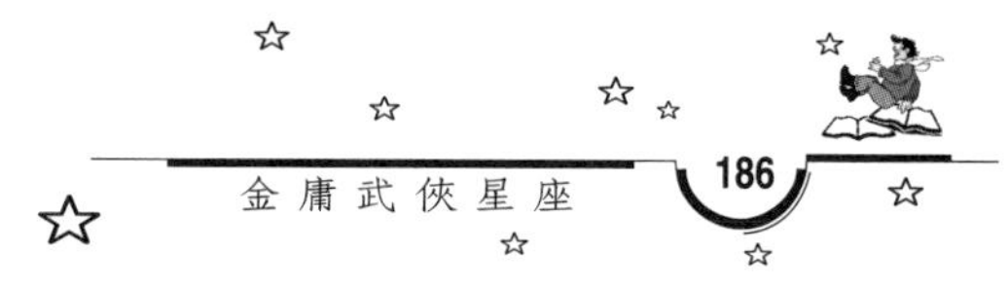

北丐 洪七公

……只見說話的是個中年乞丐。這人一臉長方臉，頦下微鬚，粗手大腳，身上衣服東一塊西一塊的打滿了補釘，卻洗得乾乾淨淨，手裡拿著一根綠竹杖，瑩碧如玉，背上負著個朱紅漆的大葫蘆，臉上一副饞涎欲滴的模樣，神情猴急，似乎若不將雞屁股給他，就要伸手搶奪了。

——《射鵰英雄傳‧第十二回》

洪七公道：「不錯！老叫化一生殺過二百三十一人，這二百三十一人個個都是惡徒，若非貪官污吏、土豪惡霸，就是大奸巨惡、負

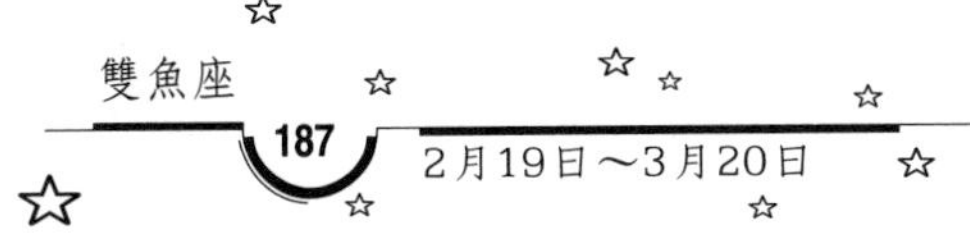

義薄倖之輩。老叫化貪飲貪食，可是生平從來沒殺過一個好人。裘千仞，你是第二百三十二人。」

——《射鵰英雄傳・第三十九回》

洪七公的身世其實頗為坎坷，據他自己所說，他的爺爺、父親以及他自己幼小之時，均曾在金人手下為奴，因而可知他的太陽應是落於奴僕宮，相位可能也不是很好。此外，太陽對於個人的事業亦有影響，洪七公身為丐幫幫主，自古以來，乞兒這一門行業便是受雙魚座管轄，所以七公太陽大概落在雙魚座，這一點若證之於七公閒散逍遙的性格，亦頗有相符之處：射鵰當世五絕之中，洪七公可說是最有名的散仙，一生行蹤不定，七公自己也說：「咱們所以要做叫化，就貪圖個無拘無束、自由自在，若是這個也不成，那個又不行，幹麼不去做官、做財主？」

（第二十一回）

若從姓名分析，「洪」為大水，相應於雙魚守護星海王星，而「七」則是雙魚的幸運數。然而七公最大的特色卻不在雙魚日座，而是可能落在金牛的月座。月座金牛性情不失篤厚平穩，若為女子，往往成為宜室宜家的好妻子，但七公的金牛性格卻完全表現在對美食的執著上，這一點從他在小說中頭一次出場，便可以輕易看出，七公出場所說的第一句話便是：「（雞肉）撕做三份，雞屁股給我。」（第十二回）由此便足以看出七公之貪食。對自己這個習性，他自己倒有一段話說得甚是貼切：「古人說：『食指大動』，真是一點也不錯。我只要見到或是聞到奇珍異味，右手的食指就會跳個不住。有一次為了貪吃，誤了一件大事，我一發狠，一刀將指頭給砍了……指頭是砍了，饞嘴的性兒卻砍不了。」（第十二回）七公到處訪吃的事蹟不少，最大膽的則莫過於潛入皇宮，只為偷吃一味御廚的鴛鴦五珍膾，甚至一直到他受傷，武功全失之際，仍對這道菜的味道念念不忘，硬要徒弟帶他入宮，差點便身遭大險，正如黃

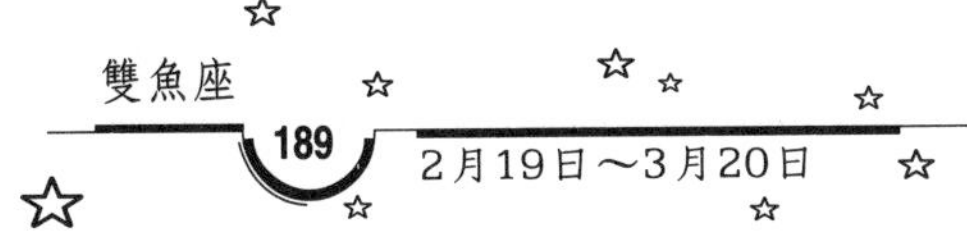

蓉所說：「這人饞是饞極，膽子可也真大極。」（第十二回）。而除了美食之外，洪七公還要吃得出奇，方才符合他當世高人的身分，在《神鵰俠侶》一書中，便曾寫到他千里迢迢遠赴華山，去找尋肥大美味的蜈蚣，那滋味就算當世絕頂，若少了點膽子可也吃不下肚去，這膽量就不單只是月座金牛的影響了。

洪七公的火星可能是落在天蠍座上，這不僅使他得以擁有對武術的熱誠，令他有機會晉升天下五大高手之列，更影響他某些舉動和傾向，比如說像吃蜈蚣這件事，七公不只是為人所不敢為，更是因樂在其中而為之，甚至還拿它來測試楊過的膽量，這可就不是普通人能做得出來的，從洪楊兩人的對話便可見一斑：

洪七公道：「你閉著眼睛，嚼也不嚼，一口氣吞他十幾條，這叫無賴撒潑，並非英雄好漢。」

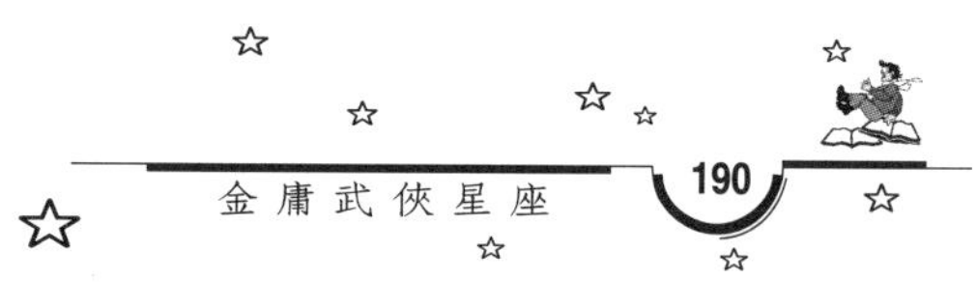

楊過道：「吃毒蟲也算是英雄好漢？」

洪七公道：「天下大言不慚自稱英雄好漢之人甚多，敢吃蜈蚣的卻找不出幾個。」

楊過心想：「除死無大事。」……

——《神鵰俠侶．第十回》

七公這部分的異於常人，正是天蠍座與金牛座的對沖磁場所引起，原來，蜈蚣在星座動物的歸屬中，轄歸天蠍座，而雞則歸於金牛，雞啄蜈蚣正是金牛剋天蠍的象徵。

說到洪七公的俠名，其實有許多值得探討之處，試想，以一個不利的雙魚日座，能做上一幫之主已叫人頗為存疑，又如何能俠名遠播、歷久不衰呢？

七公雖然不是機變百出、智計過人之輩，但臨事決疑，並不糊塗，

可知其命圖中的水星越過太陽，落入了白羊座，此所以七公性情思路俱皆率直，細瑣小事雖棄之不顧，但論到大是大非，卻都能有所堅持，再與位於上昇的處女座相搭配，這才形成九指神丐獨樹一幟的俠士風格。

另由文首引文中也可看出處女對七公的影響，眾所周知，整潔乃是處女座的特性，而上昇星座則有很大一部分影響人的外觀，雖然七公不如某一種處女座典型的纖細安靜，但對於另一種習於勞動粗活的處女座形象而言，卻十分相合，特別是太陽在第六宮受到壓抑，更加能突顯這方面的特質。再說到處女座對語言的重視，七公當然不是個伶牙俐齒的人，但對自己所說出來的話，卻看得很重，連帶地也對他人有同樣的要求，這雖然可說是受到社會倫理的影響，但七公對信義的執著實有與常人不同之處，比如說有一次他貪食誤事，便為此而斬下一根手指，這並不只是處女座的影響，還受到水星白羊與火星天蠍從旁相助，才形成一種對信義耿直、剷奸去惡的風格。正如他在華山與裘千仞的一番對話中自言：「不錯！老叫化一生殺過二百三十一人，這二百三十一人個個都是惡徒，若非貪官污吏、土豪惡霸，就是大奸巨惡、負義薄倖之輩。老叫化貪飲貪食，可是生平從來沒殺過一個好人。裘千仞，你是第二百三十二人。」（《射鵰英雄傳‧第三十九回》）

這番話說得理直氣壯、大義凜然，不僅使裘千仞氣為之奪，也令郭靖從此走上為國為民的大道，由此可以看出白羊座水星是非曲直皆要分明的思路，以及天蠍座火星打擊犯罪的警察性格，透過處女座緻密的行事風格揉合在一起，若非七公的雙魚影響太大，倒有可能改行去做名捕，而不是遊俠。

段譽

「……，你這套『凌波微步』我更要用心練熟，眼見不對，立刻溜之大吉，就吸不到他的內力了。」

——《天龍八部‧第二回　玉壁月華明》

「我當曉以大義，向他點明，……。我又要跟他說，王姑娘清麗絕俗，世所罕見，溫柔嫻淑，找遍天下再也遇不到第二個。過去一千年中固然沒有，再一千年仍然沒有。……我能見到如娘言笑宴宴姑娘言笑宴宴，心下歡喜，那便是極大的好處了。」

——《天龍八部‧第四十五回　枯井底污泥處》

金庸筆下諸角中，最佳獃子獎得主非段譽莫屬，由於重情感，他的那一份獃、那一份傻來自他那仁慈得固執的特質，暗示他是一個水象星座成分相當重的人。根據《天龍八部》的描述，段譽星盤諸星落點應如下：太陽、上昇落雙魚，月亮落巨蟹，金星、火星落雙魚，海王星落巨蟹，木星與金星合（二星間所呈的角度近於零）於雙魚。

在太陽、上昇落雙魚（稱作「雙重雙魚」）的影響之下，段譽的性格、身材、外表及給別人的外在印象呈現出心思細密，但對現實世界卻相當神經大條的傾向，例如第二十九回中，傅思歸、古篤誠、朱丹臣三人為主人段正淳送信至丐幫時，在洛陽丐幫總舵未見到其首腦人物，「卻在酒樓中聽到有人說起一位公子發獃的趣事，形貌舉止與段譽頗相似，……」可知段譽的獃頭獃腦不僅是熟人所識，外人也看得出來。又如第三十二回，蘇星河提到段譽：「他聰明臉孔笨肚腸，對付女人一點手段也沒有，……。」讓我們再來看看段譽剛出場的模樣，書中第一回

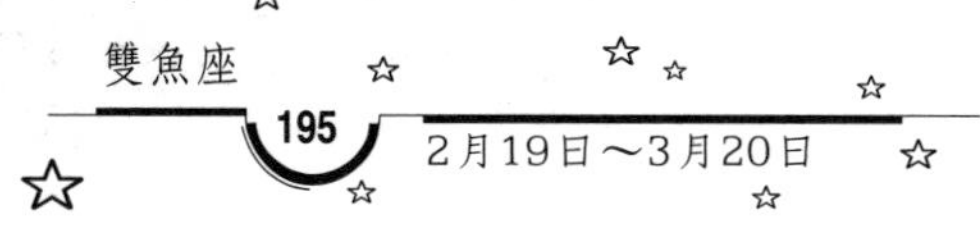

在無量山無量劍東西宗比劍一節裡，段譽「一張俊秀雪白的臉」挨了東宗龔光傑一個耳光，而西宗門下數名女弟子均想：「此人一表人才，卻原來是個大獃子。……」

雙重雙魚也使段譽表面上俊秀敏和，一副書生模樣，然則於事理卻是脫俗正直、好打抱不平、不懼威嚇，雙魚座是標準的同情弱者主義，第三十四回中段譽道：「先前聽說天山童姥強凶霸道，欺凌各位，在下心中不忿，決意上縹緲峰去跟這位老夫人理論理論。但她既然生病，乘人之危，君子所不取。別說我沒有高見，就是有高見，我也是不說的了。」即便是無惡不做的壞蛋，一旦落難而讓段譽知曉，段譽是說甚麼也得護她一護。然而他說起話來卻常是有一搭沒一搭的，故時有人以「書獃子」稱段譽！

可是遇到女子，尤其是心儀的女人如王語嫣，那雙魚夢幻又不著邊際式的浪漫更有得發揮，加上月亮落巨蟹的深情的影響，段譽對王語嫣的一盼一笑總是難掩欣喜之情，於王語嫣心繫慕容復則是傷心欲絕，雖是患得患失，卻又有一股傻勁，見到王語嫣則視萬事如無物；見不到王語嫣更是心中止於一念——見她一眼就滿足了，如第三十四回中「段譽站在王語嫣身邊，斜眼偷窺，……，但瞧著她白玉般的小手，也已心滿意足，更無他求，於慕容復的呼喚壓根兒就沒聽見。……除了眼前這位姑娘之外，於普天下億萬人都是視而不見，……。段譽聽她叫慕容復相扶，顯是對自己大有見外之意，霎時間心下酸苦，迷迷惘惘的向慕容復走去。」、「段譽正自神傷，忽聽得她軟語關懷，殷殷相詢，不由心花怒放，精神大振，……，段譽道：『有些痛兒，不礙事！不礙事！』心想只要你對我關心，每天都給毒蛇咬上幾口，也所甘願，……。」段譽對情人所表現的如家眷般的關懷，以及盼望所愛者也待他如至親，是月亮落巨蟹座帶來的深情，而願為所愛出生入死、犧牲自己，則是金星駐雙魚帶來的癡情。也是這份癡情使得王語嫣終於看清慕容復的復國大夢、對情愛之薄涼，而選擇對自己一往情深的段譽。此外，段譽金星、月亮與木星形成和諧的拱相，又同駐水象星座，這可解釋段譽奇佳的女人緣。而月亮落巨蟹則使得段譽有不自制的嗤笑傾向，因為巨蟹是個愛笑，有時會耍寶的星座。

而段譽能習得武功亦是得自於雙魚式的傻、對「仙女姊姊」的癡。第二回寫到段譽跌下懸崖，巧遇一尊玉美人，要段譽「磕首千遍，供她驅策」，而段譽「只覺磕首千遍，原是天經地義，……，至於遵行這位美人的命令，不論赴湯蹈火，自然百死無悔，……。只覺已遵玉像之命而做成一件事，全身越是疲累痠疼，越是心中快慰。……，觸手柔滑，裏面是個綢包，而綢包裡藏的是北冥神功、凌波微步等上乘武學。」北冥神功講究「百川匯海」，這與雙魚座似大海的性格相符，而凌波微步是依據易經方位發展出的超級輕功，這「神仙步法」「精妙之極，遇到強敵時（可輕易）脫身逃走，」與雙魚的逃避主義傾向更是貼近，綜合起來，段譽的火星便應駐於雙魚。

段譽的佛教傾向也是雙魚的。段氏雖以武林世家統治大理國，然大理國為佛教國家，縱使貴為皇帝也常有避位出家之舉，而段譽更是從小受了佛戒，而太陽落雙魚正可解釋段譽大理段家的血緣。段譽一副菩薩慈悲心腸，縱使武功再高，總不肯輕易殺敵，雙魚座的肩膀常是人們訴苦、依靠的地方，因為雙魚座除了平易近人，更有一付納人苦難的心腸、一股引人吐露心事的磁力，是故王語嫣對段譽才會不知不覺地將心事一一吐露。巧的是觀世音菩薩生日為農曆二月十九日，亦是雙魚座哩！

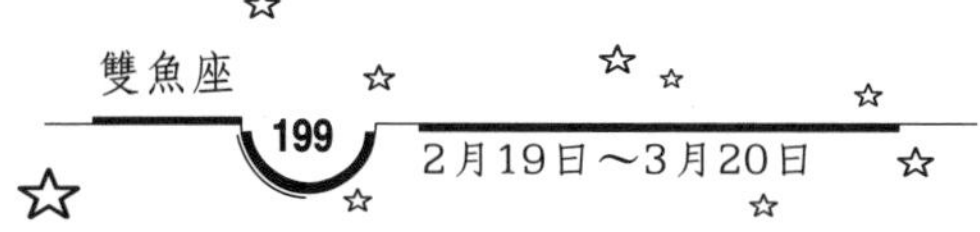

王語嫣

段譽一轉過樹叢，只見一個身穿藕色紗彩的女郎，臉朝著花束，身形苗條，長髮披向背心，用一根銀色絲帶輕輕挽住。段譽望著她的背影，只覺這女郎身旁似有煙霞輕籠，當真非塵世中人。

——《天龍八部・第十二回》

那少女一聲長嘆，說道：「我為了要時時見他，雖然討厭武功，但看了拳經刀譜，還是牢記心中，他有什麼地方不明白，我就好說給他聽，我自己卻是不學的。女孩兒家掄刀使棒，總是不雅……」

——《天龍八部・第十二回》

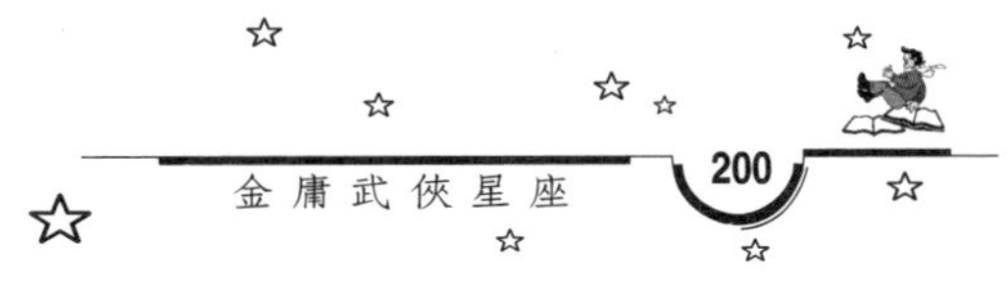

《天龍八部》中令段譽驚為天人的王語嫣，是個不折不扣的雙魚日座美女，雙魚日座美女總是有一股朦朧、纖弱、哀怨的模樣，光是看到王語嫣一語三歎，嬌嬌柔柔，沒有行為能力，不與人爭的模樣，您的心裡就明白三分了吧！

段譽只是聽得王語嫣一聲輕輕的歎息，已然心神震動，再聽得一聲低語，更是全身熱血沸騰，待見到王語嫣的面，耳中「嗡」的一聲，但覺眼前昏昏沈沈，雙膝一軟，不由自主跪倒在地。原來這王語嫣生得跟無量山石洞中的玉像一模一樣，只不過雙魚多給了王語嫣幾分稚氣，因此不似玉像的冶艷靈動。

王語嫣聽段譽不住誇讚自己美貌，心裡禁不住的歡喜，因為雙魚座日座天生就容易相信別人，段譽的幾番讚歎之詞哄得她好生歡喜，但是魚座的多愁善感，卻也讓她動不動就掉出一缸子的眼淚，段譽問她慕容復從不誇她美嗎？王語嫣不要兩秒眼淚就撲簌而下，再說到自己爹爹早逝，她又是眼眶一紅，泫然欲涕。

這位雙魚美人是個愛情至上的小姑娘，她還未經人事，就把愛情幻夢一股腦的築在表哥慕容復的身上，她討厭武功，但卻為了增加與慕容復見面的機會，牢牢地記了許多拳經刀譜，好在慕容復不明白的時候，講給他聽。她喜歡講無聊事，而慕容復卻一本正經的偏愛談國家大事。她說：「我讀書是為他讀的，記憶武功也是為他記的。若不是為了他，我寧可養些小雞玩玩，或者是彈彈琴、寫寫字。」這幾句話把雙魚座的溫柔、恬靜和毫無野心描寫得絲絲入扣。

當然除了溫柔可人之外，雙魚座也有一點不通人情世故的天真，王語嫣初識段譽，就將單戀表哥的女兒家心事和盤托出。她明明到了花肥房想騙過嚴媽媽，假傳王夫人的口令，叫嚴媽媽放了阿朱與阿碧，但卻又老老實實地回答嚴媽媽套她的話語，段譽在旁不免暗暗叫苦：「唉！這位小姐，連撒個謊也不會。」

不過，雙魚座深沉的智慧，卻也賦予了王語嫣絕佳的記憶力和融會貫通的能力，她飽讀武林中的奇書，每當有人陷於惡鬥，她只要出口提醒克敵的招式，落於下風者立刻就能反敗為勝；而且哪個人在動什麼歪腦筋，她一下子就能點破。她的冰雪聰明和驚人的直覺，全都是雙魚座的長處。

王語嫣心中念念不忘的就只有表哥慕容復一人，段譽屢次向她表明心意，王語嫣卻一本正經地要求他言語有禮，以留下次相見的地步。她尋得慕容復之後，便癡癡地跟在心上人身旁，對段譽渾然視而不見，她常常沒來由的想到慕容復，於是便陷入雙魚座常犯的「發呆」狀態中，當喬峰與風波惡交手的時候，喬峰使出絕活「擒龍功」，在一旁觀鬥的王語嫣卻兀自出神，原來她想到江湖上有言：「北喬峰，南慕容」，但是她表哥的功夫看來決計是比不上喬峰了。

雙魚的聯想和幻想力極為豐富，當她突然間聽而不聞，視若無睹的

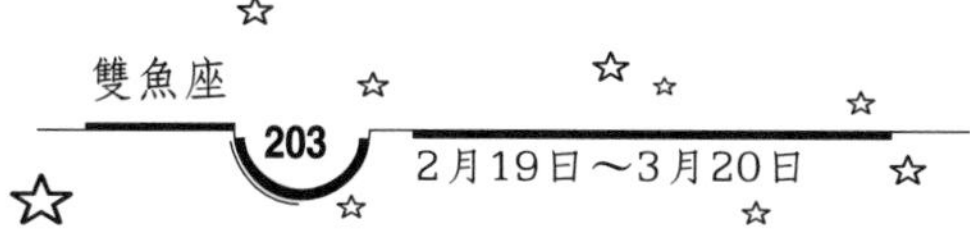

時候，就表示她的思緒已經跑到另一個空間或時間去了，因此雙魚座極適合當靈媒或巫師等需要接收大量靈界訊息的工作。

雙魚座很難對人產生敵意，要她分辨誰好誰壞，真箇十分困難，當她的一灘濫情找到一方池塘的時候，她的喜怒哀樂全隨著池塘的主人起伏，譬如王語嫣看到四大惡人中的雲中鶴與丐幫奚長老過招時，竟因為丐幫冤枉她表哥，而暗助窮凶極惡的雲中鶴一臂之力；當雲中鶴得意忘形地說要殺了王語嫣的意中人，再強娶她做老婆之後，沒想到正好犯了王語嫣的大忌，霎時間她就倒戈相向助丐幫了。以致外人看她甚為古怪，只幾句話就相助雲中鶴，又是幾句話，又叫吳長老傷了雲中鶴，殊不知雙魚座說變就變的速度就是那麼快。

待段譽再見到王語嫣時，王語嫣雖然尋得了慕容復，但慕容復卻一心想娶西夏公主，以圖復興燕國，王語嫣傷心尋死，被雲中鶴救起，段譽為此找慕容復理論，卻被慕容復拋入枯井之中。王語嫣柔聲勸解慕容復一番之後，見表哥仍然絕情如昔，竟也跳入井中殉死。偏生這麼湊巧，段譽沒死，她也沒死，從井口躍到井底的一瞬間，她的內心即起了極大的變化，了悟段譽的情深義重和表哥的自私涼薄，於是決定一輩子跟著段譽。

人道雙魚座矛盾而又欺惑，實則雙魚座最擅常的是自欺，像那王語嫣明明博學而聰明，但她卻不肯將滿腦子的武學化為實用的武功，她明明知道表哥從沒把她放在心上，但她卻不肯重視把她看得比命還重的段譽。她築起了一個美麗的夢，當有夢的時候，她決計不會去計較醜陋的一面，然而一旦夢碎了，她自然而然就能破殼而出，做出明快而乾脆的決定，怪不得有人說雙魚座下一步會做什麼，永遠不會有人猜得到！

金庸武俠星座

Lot系列 6

著　　　者／劉鐵虎　莉莉瑪蓮
出 版 者／生智文化事業有限公司
發 行 人／林新倫
總 編 輯／孟　樊
執行編輯／范維君
登 記 證／局版北市業字第677號
地　　　址／台北市文山區溪洲街67號地下樓
電　　　話／886-2-23660309　886-2-23660313
傳　　　眞／886-2-23660310
印　　　刷／科樂印刷事業股份有限公司
法律顧問／北辰著作權事務所　蕭雄淋律師
初版一刷／2000年2月
ISBN／957-818-087-X
定　　　價／新台幣180元
北區總經銷／揚智文化事業股份有限公司
地　　　址／台北市新生南路三段88號5樓之6
電　　　話／886-2-23660309　886-2-23660313
傳　　　眞／886-2-23660310
南區總經銷／昱泓圖書有限公司
地　　　址／嘉義市通化四街45號
電　　　話／886-5-2311949　886-5-2311572
傳　　　眞／886-5-2311002

郵政劃撥／14534976
帳　　　戶／揚智文化事業股份有限公司
E-mail／tn605547@ms6.tisnet.net.tw
網　　　址／http://www.ycrc.com.tw

本書如有缺頁、破損、裝訂錯誤，請寄回更換。
版權所有　翻印必究

國家圖書館出版品預行編目資料

金庸武俠星座／劉鐵虎, 莉莉瑪蓮著. -- 初版.
-- 臺北市：生智, 2000[民89]
面；　　公分. --（Lot系列；6）

ISBN 957-818-087-X（平裝）

1. 金庸—作品評論　2. 武俠小說—評論

857.9　　88017025

12027